300

지은이

In CASE of Loss, Please Return to

Name :

Birth :

Mobile :

Mail :

SNS :

Etc :

<오늘부터 300일>은
한정판으로 출간되었던 <오늘의 할 일력>의
콘텐츠를 기반으로 새롭게 엮은 책입니다.

Prologue

<오늘부터 300일>에는
하루를 특별하게 기억할 수 있는
300개의 '오늘의 할일'을 모았습니다.

바쁘고 고단한 하루 속에서도
시간을 그냥 흘려보내지 않고
'나를 위한' 일들을 하나씩만 할 수 있다면
그런 날들이 모여 의미 있는 기록이 될 거예요.

순간이 모여 하루가 되고
하루가 모여 인생이 됩니다.

긴 인생을 어떻게 살지 고민하기보다
오늘 하루를 어떻게 보내면 좋을지
나와 마주앉아 궁리해보기로 해요.

오늘부터 300일 동안
괜찮은 하루를, 마음에 드는 일상을
이곳에 간직해보는 거예요.

How to USE?

내가 정한 오늘부터 1일!

이곳에 담긴 300일의 모든 날이
'오늘부터 1일'입니다.
매일매일 하지 않아도 되고,
순서대로 하지 않아도 좋습니다.
오로지 나를 위해, 즐거운 마음으로
300일을 한 땀 한 땀 이어가주세요.

나하고 둘이서만 하는 산책처럼

마음이 가뿐하게 움직이는 날, 혹은
마음을 조금이라도 일으키고 싶은 날
'나와 한 약속'이라 생각하고
약속 장소에 나오듯 이 책을 펼쳐주세요.
소중한 사람과 보내는 시간만큼이나
나하고 보내는 시간 역시 필요하니까요.

직접 적고 꾸며보는 고유한 하루

맨 위의 Date.에 연월일을 적고
'오늘의 할일'을 확인한 다음
하루를 보내며 그 일을 실천해보세요.
나를 위해 준비된 빈칸에는
실천한 내용을 끄적끄적 적어보거나
사진을 붙여도, 그림을 그려도 좋아요.
(스티커, 나뭇잎, 쪽지를 붙이는 것도 환영!)
내 하루에 표정을 그려넣는다는 마음으로
자유롭게 '오늘'을 채워주세요.

내가 써야만 완성되는 한 권의 책

마지막 300일에 무사히 이르렀다면,
이 책의 첫 페이지 '지은이 ________'에
자신의 이름을 적어주세요.
이제 이 책은 세상에 단 한 권뿐인 책입니다.
삶은 단 한 사람에게만 일어나는 이야기이고
언제든 다시 펼쳐 읽고 싶은 책,
그것이 당신의 인생이에요.

Introduce

오늘부터 300개의 할일을
함께할 친구들을 소개합니다!

고영희

나도 영희야!

혼자 놀기 만렙. 취미 부자.
하루 일과가 끝나고 좋아하는 연어와 맥주를 먹을 때 가장 행복하다. 요즘 제일 고민인 것은 '어떻게 하면 오늘을 잘 살아갈 수 있을지'이다. 하루하루 기분에 따라 얼굴과 몸의 무늬가 변하는 특징을 가지고 있다.

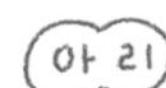

영희의 베스트 프렌드.
여행을 좋아하고, 특히 영희와 여행 스타일이 잘 맞아 자주 함께 떠난다. 엉덩이만 붙이면 언제 어디서든지 잠들 수 있는 것이 특기다.

토순희

수줍음이 많지만 친구들의 고민을 잘 들어주는 든든한 존재. 작고 귀여운 것들을 수집하는 것이 취미이며, 특히 디즈니 마니아다.

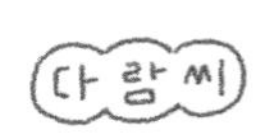

숲과 나무를 사랑하는 자연인.
할머니의 특제 군밤과 군고구마를 싸 들고 냥냥숲으로 소풍을 가는 것이 다람씨에게는 가장 큰 즐거움!

미이

영희의 옆집에 살고 있어 자주 왕래하는 사이이며,
영희가 믿고 의지하는 어른스러운 친구. 지금은
미국에서 학교를 다니고 있어 분기마다 한국에 온다.

고독한 미식가.
수더분한 성격의 소유자이지만 음식에 대해 논평할
때에는 단호하고 냉철하다.

바둑무늬를 나란히 갖고 있는
이란성 쌍둥이 남매. 둥글둥글한 성격으로
친구들의 애정을 듬뿍 받는 존재들.

김귀뚤트리오

리더 김귀뚤을 중심으로 여름에만 활동한다.
가끔 지나친 새벽 연습으로 냥냥동 주민들의
신고를 받기도 함.

스윗옐로우

<구마구마구마워thankyou>란 노래로
초대박 히트를 친 삼인조 그룹.
김귀뚤 트리오의 라이벌이기도 하다.
영희는 스윗옐로우의 팬이기도 함.

오늘부터 1일,
시작할까요?

001

Date.

오늘 하루는 친구에게 전송하고픈 순간을 찍는다는 생각으로 보내보세요. 누군가에게 선물할 만한 장면을 찾아보는 하루지요.

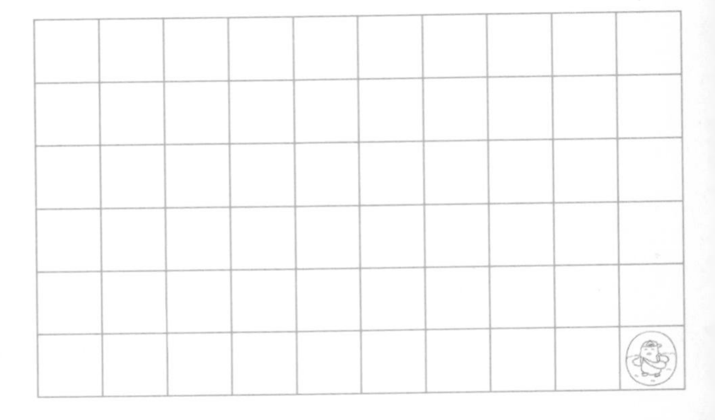

002

Date.

겨울, 눈이 와서 좋았던 날의 이야기를 적어보세요.

003

Date.

기분이 상할 땐 좋아하는 동물을 떠올리면 도움이 된대요.
오늘은 그 동물을 하나 정하는 날.

004

Date.

가족 혹은 친구에게 어릴 적 꿈이 무엇이었는지 물어볼까요?
잊어버린 꿈에 대해 잔잔하게 대화하는 시간을 가져보세요.

005

Date.

구름이 어떤 모양을 하고 있는지
오늘은 종종 하늘을 올려다보며 사진을 찍어보세요.

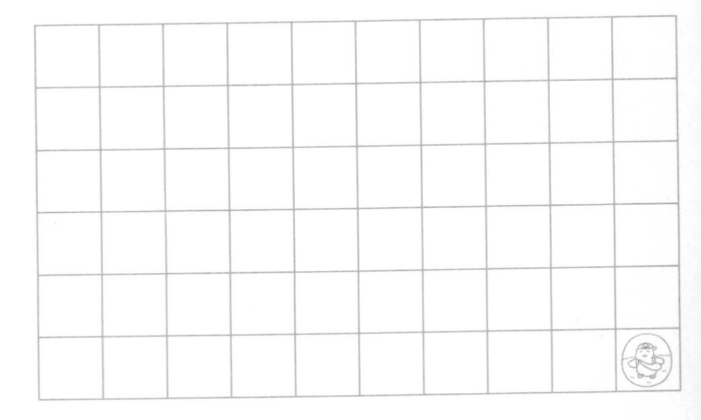

006

Date.

'오늘치의 행복'을 무엇이든 발견해보세요.

007

Date.

오늘은 일곱 번째 할일을 하는 날이니까,
럭키 데이로 지정합니다!
무엇이든 오늘의 내가 원하는 걸 하나 사주기로 해요.

008

Date.

쉼보르스카의 「두 번은 없다」라는 시를 찾아 읽어보세요.
나만의 '인생 시' 한 편을 간직하는 것도 좋은 일이겠죠.

009

Date.

먹는 순간 좋아하는 계절을 떠올리게 하는 음식이 있다면?
오늘은 그것을 먹으며 맛으로 떠나는 계절 여행을 해보기로.

010

Date.

창밖으로 좋아하는 풍경이 펼쳐지는 동네 카페가 있나요?
그곳에서 창밖을 관찰하며 한가로운 시간을 보내보세요.

011

Date.

한 그루 나무에서 나뭇잎 하나를
자세히 들여다보세요. 어떤 계절은
그 이파리에서부터 시작됩니다.

012

Date.

살면서 내가 사랑했던 공간들을 적어보세요.
지금은 사라졌거나 다시 찾아가지 못하는 곳이라고 해도,
그곳에서만 쌓은 추억이 있을 거예요.

013

Date.

오늘 소비한 내역을 한번 적어볼까요.
나는 오늘 어떤 순간, 어떤 느낌을 돈으로 샀을까요?

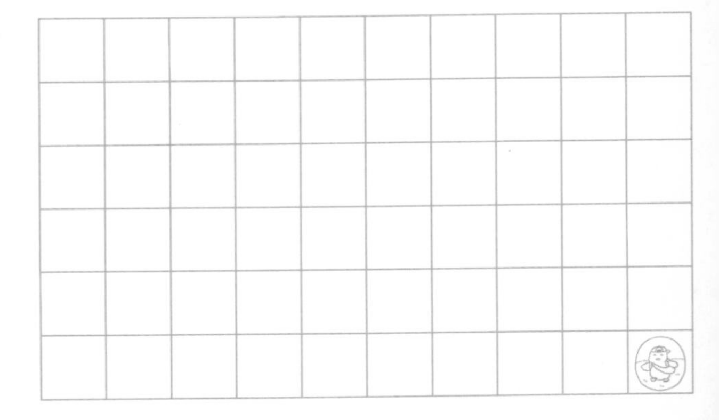

014

Date.

오늘은 '굳이 하지 않아도 되지만 하면 더 좋은'
선의를 실천해주세요. 버스 기사님께 인사를 건넨다거나
뒷사람을 위해 출입문을 잡아준다거나.

015

Date.

세상은 아직 살아볼 만하다고 여기게 해주는
좋은 뉴스를 하나만 찾아보세요.

016

Date.

평범한 하루의 '특별한 계획'을 하나 세워보세요.
평소에 안 해본 것일수록 좋습니다.

017

Date.

먹은 후 바로바로 설거지하는 하루 보내기.
내가 들이고 싶은 습관엔 또 어떤 것이 있나요?

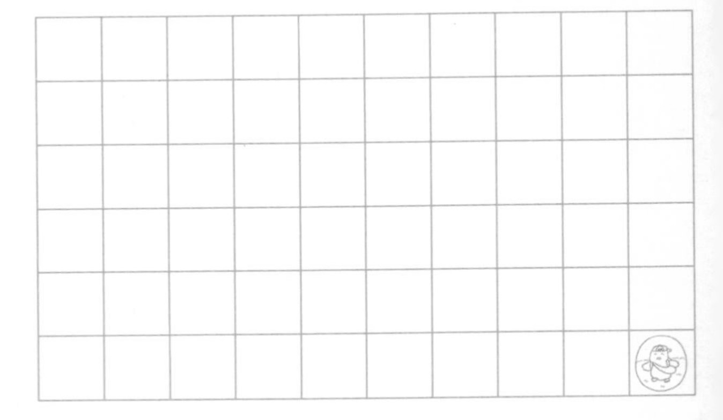

018

Date.

오늘 내 마음을 스친 감정들을 적어보세요.
자기 마음을 알아채는 일은 중요하니까요.

019

Date.

서점에 가서 '지금 가장 읽고 싶은 제목의 책'을 한 권 사보세요.
그 제목이 가리키는 것이 요즘 나의 마음일지도요.

020

Date.

여름에 다녀오고 싶은 바다 한 곳을 정해 계획을 세워보세요.
여행은 내가 나를 위해 시간을 내는 일입니다.

021

Date.

기후 변화로 펭귄의 서식지가 사라지고 있대요.
가까운 거리는 걸어서 다니는 하루를 보내면 어떨까요?

022

Date.

오늘은 열 줄 일기를 쓰는 작가가 되어보기로.
오늘 하루를 열 줄 이내로 표현해보세요.

023

Date.

지금 나의 프로필 사진에는 어떤 사연이 담겨 있나요?
오늘은 기분에 따라 새로운 프로필 사진으로 바꿔보세요.

024

Date.

산책은 낮에도 좋지만 밤에도 좋답니다.
밤의 산책을 나서보세요.

025

Date.

어렸을 때 좋아했던
과자나 아이스크림이 있나요?
오늘은 그것을 다시 찾아서
먹어보는 거예요.

026

Date.

내 이름엔 어떤 의미가 담겨 있나요?
이름답게 사는 하루를 보내봅시다.

027

Date.

최근 가장 잘한 소비는?
내 삶의 질을 높여준 소비에
대해 적어보세요.

028

Date.

세상에서 고래가 점점 사라져가고 있대요.
고래 이름을 검색해서 다섯 개만 기억해보기로 해요.

029

Date.

내가 가장 좋아하는 꽃 향기는 무엇인가요?

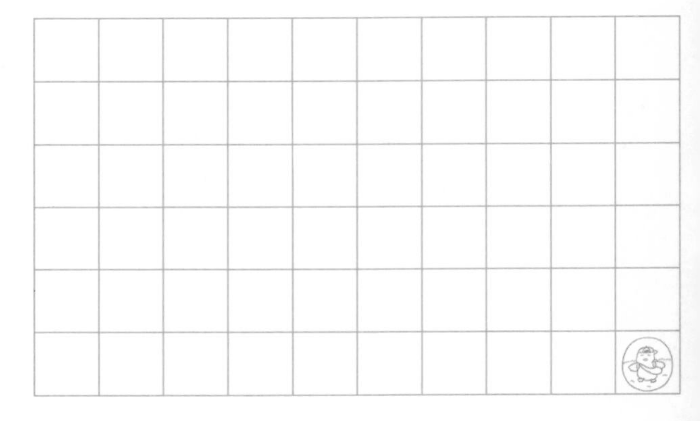

030

Date.

이 계절이면 생각나는 사람이 있나요?
오늘은 그 사람에게 메시지를 보내보세요.

Cheer Up!

벌써 30개의 할일을 마쳤어요!
그동안 30개의 작은 기쁨을 모은 셈입니다.

일상을 돌보는 능력,
일상력이 +30 상승했습니다.

031

Date.

방 안에 여행의 추억이 담긴 물건이 있나요?
그 물건에 담긴 이야기를 적어보세요.

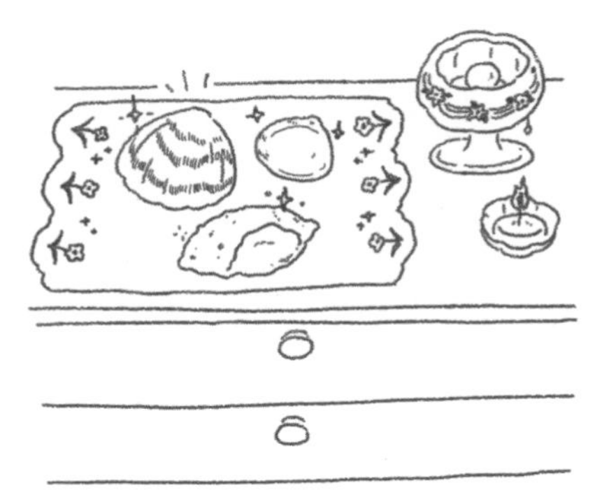

032

Date.

내가 오늘 얻은 것이 있다면 무엇인가요?
반대로 잃은 것은?

033

Date.

동네 산책의 날. 집집마다 내놓은 화분들이
얼마나 비슷하고 또 다른지 사진을 찍어보세요.

034

Date.

지금 주변에 있는 물건 중
가장 아끼는 것에 담긴 사연을 적어보세요.

035

Date.

1년 중 제일 좋아하는 휴일을 떠올리고,
그 휴일을 보내는 '나만의 완벽한 풍경'을 적어보세요.

036

Date.

오늘은 만나는 누구에게든
친절왕의 마음으로 대하는 것이 목표!

037

Date.

오늘은 천천히 밥 먹기를 실천해보세요.
식사하는 공간과 맛을 두루 느끼다 보면
평소 얼마나 급히 식사를 했는지 알 수 있답니다.

038

Date.

저녁 때 어디에 있든
해가 질 무렵 노을 사진을 찍어보기로.

039

Date.

집에서 멀지 않은 곳에 있는 산이나 강이나 호수를
검색해보세요. 가까운 휴일에 그곳에 다녀올 계획 세우기.

040

Date.

최근에 받은 선물 중 가장 마음에 들었던 것은?
누가 준 어떤 선물이었나요?

041

Date.

요즘 내게 '이 낙에 산다' 하는 것은 무엇이 있을까요?
오늘은 그 '낙'을 충분히 누려보세요.

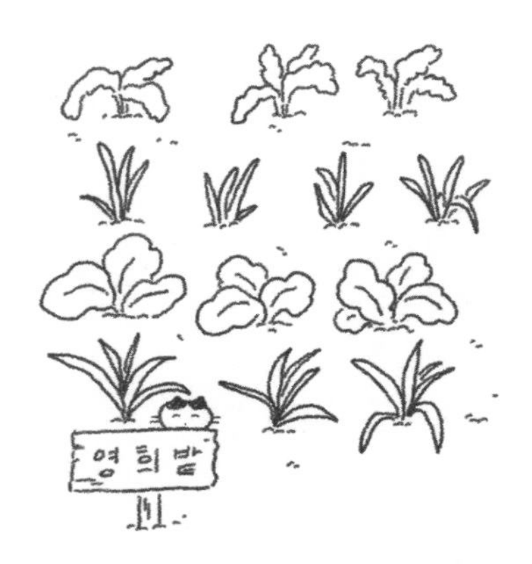

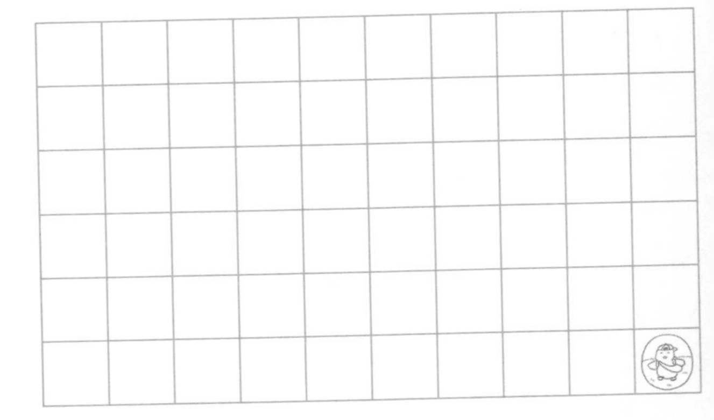

042

Date.

힘들 때 가장 위로가 되는 말은?
오늘은 그 말을 스스로에게 해주세요.

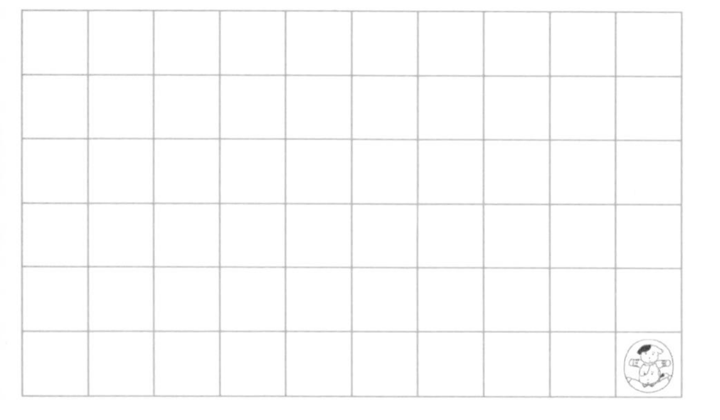

043

Date.

'나와의 채팅'에 남아 있는 가장 최근 메시지는?

바쁘다 바빠 현대인을
위한 3분 스트레칭

044

Date.

살면서 들었던 칭찬들을 기억나는 대로 모두 써보세요.
힘이 날 거예요.

045

Date.

오늘은 공간에 작은 변화를 더해보세요. 커튼을 바꿔 달거나
물건 위치를 옮기거나 꽃병을 들이는 것도 좋아요.

046

Date.

인생을 잘 살기는 어려워도 하루를 잘 사는 건 그보다 쉽습니다.
어떻게 하면 '나에게 좋은 하루'를 보낼 수 있을까요?

047

Date.

좋아하는 물건이나 순간을 모으는 친구를 떠올려보세요.
나는 무엇을 모으는 또는 모으고 싶은 사람인가요?

048

Date.

나에게 힘을 주는 노래 가사가 있다면?
그 구절을 적어 마음에 품고 하루를 보내볼까요.

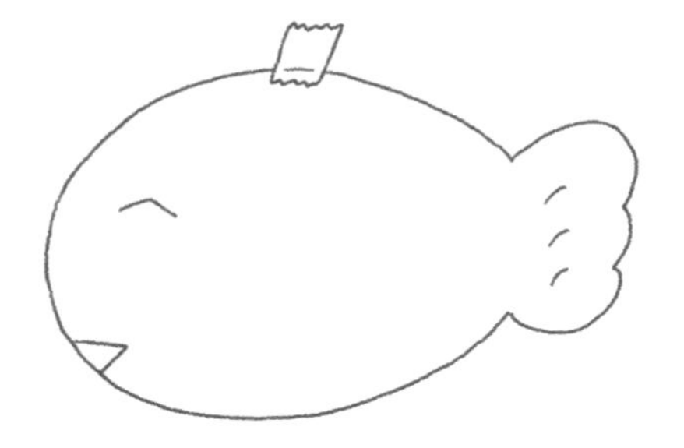

049

Date.

때로는 SNS로 인생을 배우는 법.
오늘은 SNS를 산책하며 좋은 문장들을 주워보세요.

050

Date.

늘 벼르기만 하고 못 해본 일엔 무엇이 있나요?
세상에서 가장 쉬운 버킷 리스트라 생각하며
그중 하나를 실천해보세요.

051

Date.

오늘 하루 거리나 카페에서
우연히 듣게 되는 노래들을 알아채고 적어보세요.
지금 보내는 한 시절의 인상이 됩니다.

052

Date.

'오늘의 풍경'을 딱 한 컷으로 선정한다면?

053

Date.

내가 사는 곳 주변에서 가장 오래된 건축물은?
궁이나 성곽길처럼 오랜 세월이 쌓인 곳을 찾아가 걸어보세요.

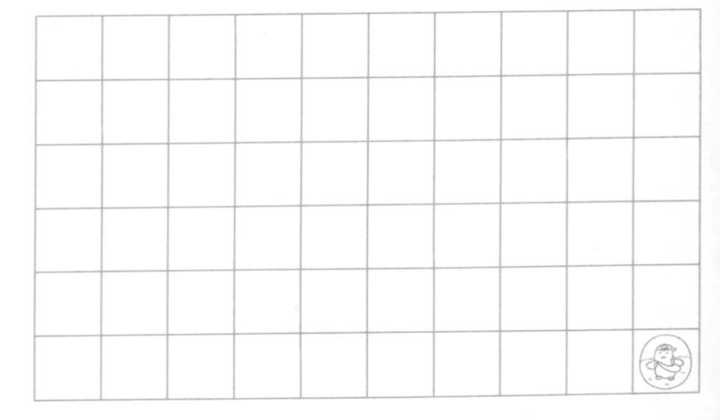

054

Date.

이번 달 나를 위해 한 일 중 가장 잘한 것은?
나는 내가 챙긴다! 하는 마음으로 매달 계획을 세우기로 해요.

055

Date.

세상엔 근사한 그림책들이 많답니다.
서점에 가서 훌쩍 커버린 나에게 그림책을 보여주세요.
선물해주면 더 좋고요.

056

Date.

누군가의 '따라 하고 싶은 습관' 하나를 주워보세요.
내 일상을 더 나아지게 할 수 있는 습관이면 좋겠죠.

057

Date.

궁금해서 한 번쯤 들어가보고 싶었던 동네의 가게가 있다면,
오늘 가보기로 해요.

058

Date.

친구와 1박 2일로 다녀오고 싶은 여행지를 정하고
이야기를 나눠보세요.

059

Date.

부모님에 대해 얼마나 알고 있나요? 가장 친한 친구는?
즐겨 부르는 노래는? 가보고 싶은 국내 여행지는?
새롭게 배우고 싶은 것은? 부모님을 인터뷰해보세요.

060

Date.

오늘은 이어폰을 빼고 주변의 소리에 귀기울여보세요.
음악에 가려 듣지 못했던 것들이 흘러들어올 거예요.

Cheer Up!

어느새 60개의 할일 완료.
조금만 더 힘을 내보기로 해요!

일상을 돌보는 능력,
일상력이 +60 상승했습니다.

061

Date.

나는 가까운 사람 중 누구와 어떤 시간을 보낼 때 가장 행복한가요? 생각만으로 마음이 편안해지는 순간을 적어보세요.

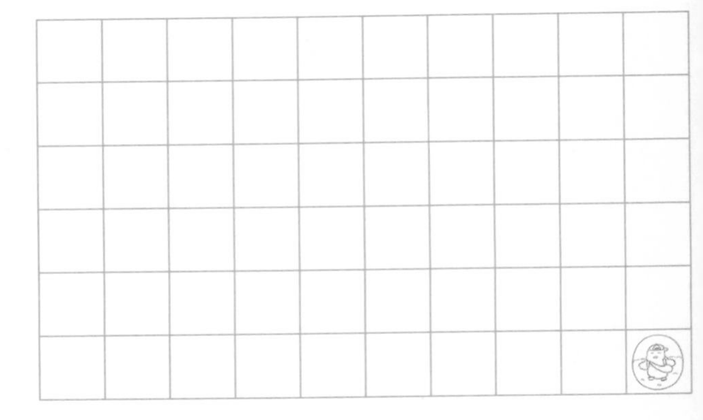

062

Date.

나는 하루 중 몇 시 즈음의 시간을 제일 좋아하는 사람인가요?
하루를 살며 관찰해보세요.

063

Date.

내가 제일 좋아하는 겨울 풍경을 떠올려보세요.
떠올린 그 풍경 속에 나를 가만히 옮겨두기로.

064

Date.

이 계절에 어울리는 영화를 한 편 찾아 감상해보세요.

065

Date.

가보고 싶은 해외 여행지가 있나요?
오늘은 그곳의 풍경을 많이 검색해 마음에 담아보세요.

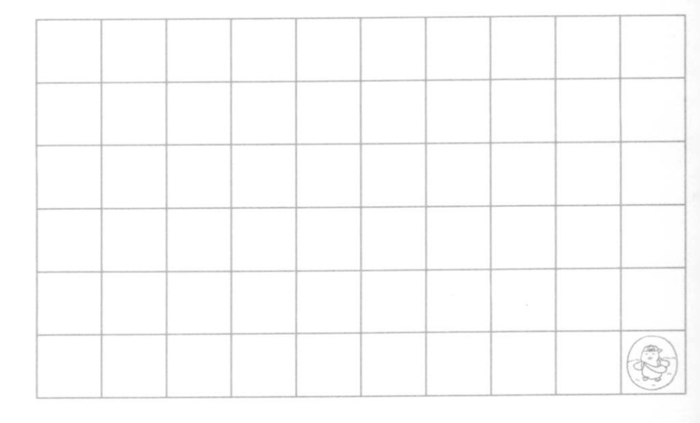

066

Date.

밖에서 마주친 꽃이나 식물을 자세히 관찰해보세요.
어떤 모양, 어떤 색깔을 하고 있나요?

067

Date.

농담 수집을 해본 적 있나요?
하루를 보내며 나를 웃게 한 농담이 무엇인지 기록해보세요.

068

Date.

하루를 보내고 돌아와
여기에 오늘 하루의 '제목'을 붙여봅니다.

069

Date.

동네에서 가장 좋아하는 산책 코스를 만들어보세요.
친구가 놀러 오면 함께 걷고 싶은 베스트 코스를요.

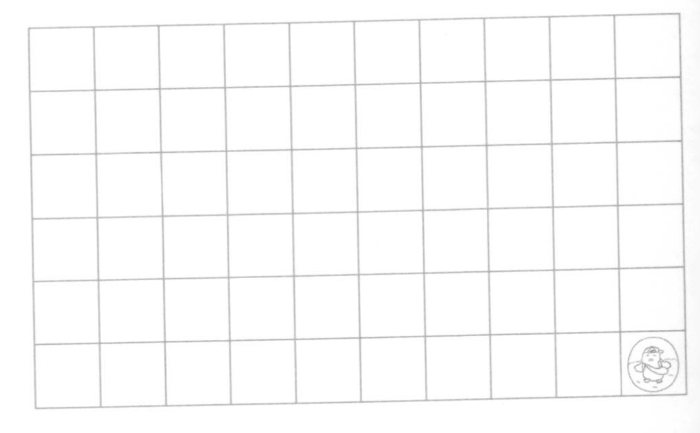

070

Date.

오늘은 아끼는 옷을 입고 외출해보세요.

071

Date.

매일 무언가를 하기만 했으니까
오늘은 뭘 '하지 않는 날'로 정해볼까요? 시작!

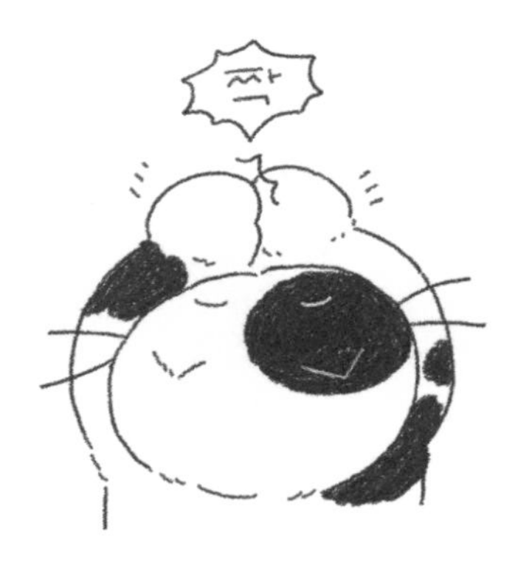

072

Date.

평소 의식하지 못하지만 우리는 다양한 소리에 둘러싸여 살아갑니다. 지금 창밖에서 들리는 소리를 적어보세요.

073

Date.

오늘 한 끼는 채식을
실천해보기로 해요. 무엇을 먹었는지,
어떤 맛이었는지 적어보세요.

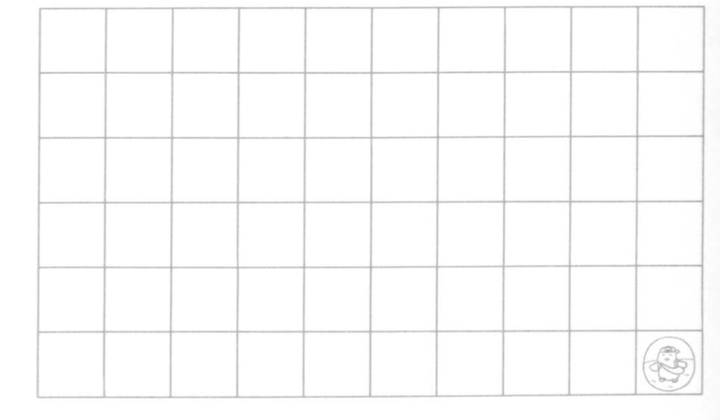

074

Date.

고양이로 태어난 것을 축하해주는
'한국 고양이의 날(9월 9일)'이 있답니다. 오늘 마주치는
모든 고양이들에게 생일처럼 축하 인사를 건네주세요.

075

Date.

최근 가장 좋았던 여행지는?
그곳에서 어떤 추억을 쌓았는지
적어보세요. 그만큼 좋았던
장소라면 또 한번
가보는 것도 좋겠죠.

076

Date.

근처 공원이나 숲으로 산책을 나가 보세요.
평소 눈여겨보지 않았던 발밑을 보고 걸으며 새삼스레
발견한 것들을 이곳에 적어주세요.

077

Date.

한번쯤 가보고 싶었던 작은 책방이 있다면
오늘 방문해보는 건 어떨까요?

078

Date.

오늘은 책상을 깨끗하게 정돈해보기로.
기꺼이 '앉고 싶어지는' 책상을 만들어보는 거예요.

079

Date.

어릴 때는 원하는 만큼 갖지 못했지만
지금은 살 수 있는 것이 무엇인지 적어보세요.
그것만으로 우리는 괜찮은 어른이 된 건지도 몰라요.

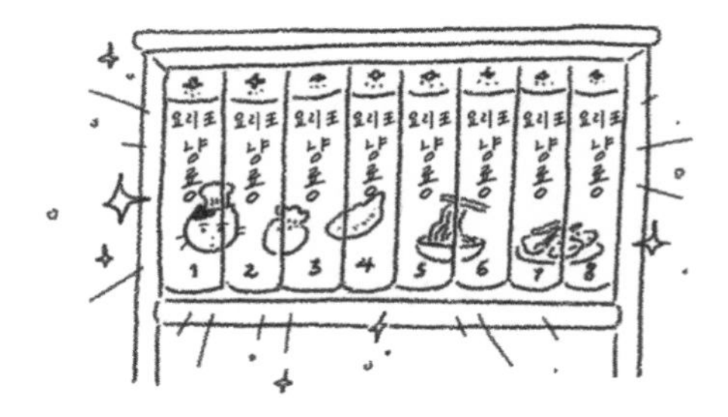

080

Date.

"____________________한 달"이라고

이번 달에 이름을 붙여볼까요?

081

Date.

동네에서 대문 앞에 화분을 제일 많이 내놓은 집은 어디인가요?
그 집의 풍경을 찍어보세요.

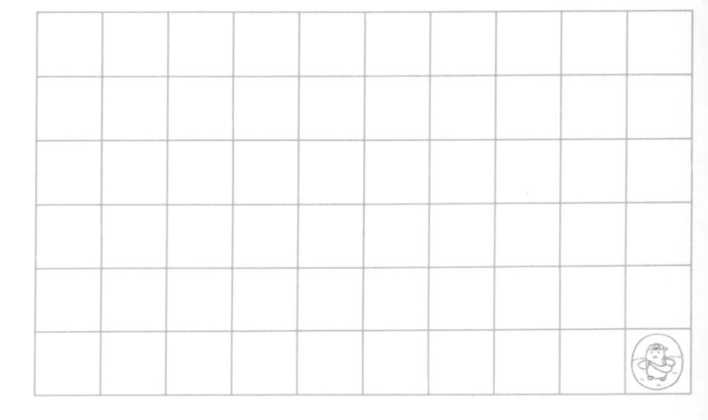

082

Date.

이 계절의 아침은 어떤 모습을 하고 있는지, 그동안
바쁜 아침을 보내느라 보지 못했던 풍경을 발견해보세요.

083

Date.

'올해의 구름'으로 지정할 만한 근사한 구름을 찾아서
찍어보세요. (꼭 오늘이 아니어도 좋아요.)

084

Date.

누군가는 고맙다는 한마디에 기운을 얻기도 합니다.
오늘은 "고마워요"라는 말을 많이 하는 하루를 보내세요.

085

Date.

내일의 나를 즐겁게
해줄 계획을 하나
세워보면 어떨까요.

086

Date.

내가 가장 간단하게 그릴 수 있는 그림은?
나뭇잎이나 구름, 달 등
선으로만 쉽게 그릴 수 있는 그림을 한번 그려보세요.

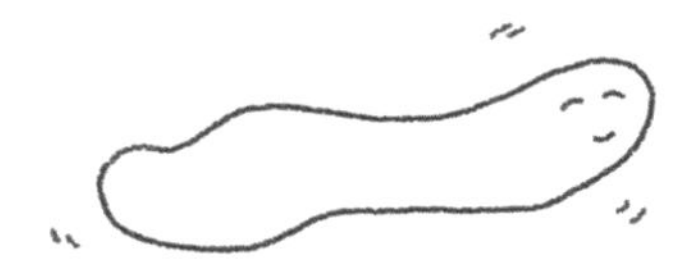

087

Date.

이걸 집에 두면 조금 더 행복해질 것 같아,
생각만 하던 물건이 있다면
오늘 주문해보는 건 어떨까요?

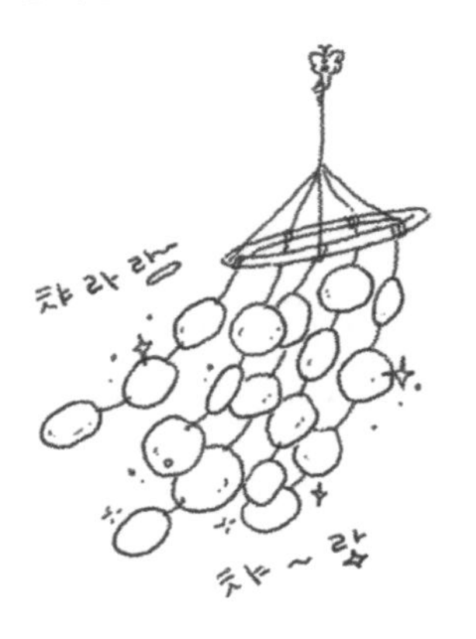

088

Date.

언젠가 꼭 갖고 싶은 창밖 풍경이 있다면?

089

Date.

밥 먹을 땐 밥을 맛있게 먹고,
걸을 땐 주변을 유심히 보고,
일할 땐 일에만 몰두하며, 눈앞의 '지금'을
잘 살아내는 하루 보내기.

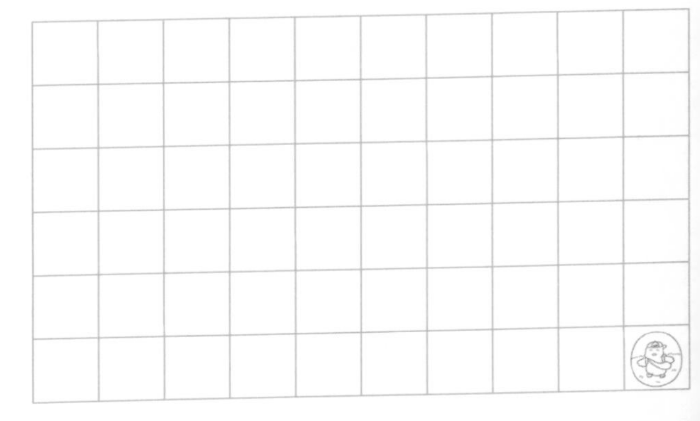

090

Date.

조금씩 비우는 연습.
쓰지 않는 물건을 하나 내놓기로 해요.

091

Date.

오늘은 나를 위한 운동을 하기로 해요.
간단한 스트레칭도 좋아요.

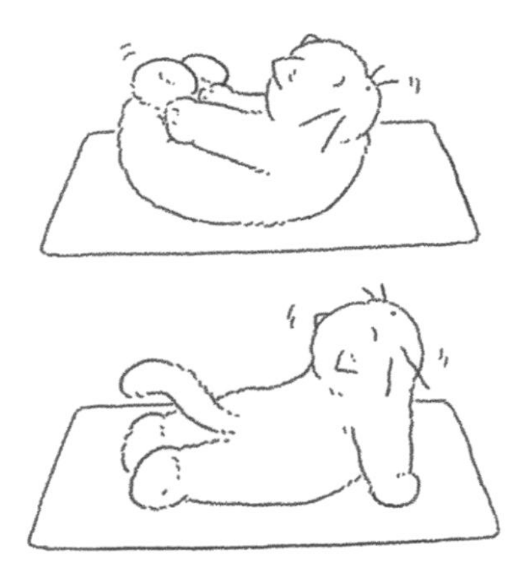

092

Date.

부정적인 생각이 들 때,
기분을 단번에 나아지게 할 수 있는 세 가지는?
그중 한 가지를 오늘 해보기로 해요.

093

Date.

버스에서, 거리에서
낯선 사람들의 대화를 엿듣고
인상 깊은 점을 발견해보세요.
세상엔 다양한 이야기가
흐르고 있답니다.

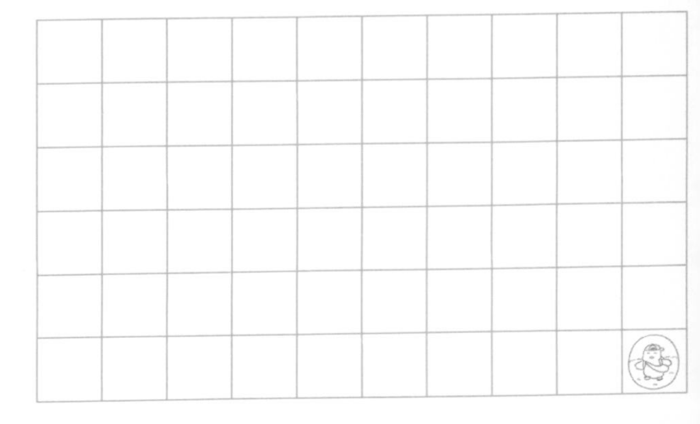

094

Date.

오늘은 사물들에게서 '표정'을 발견해 사진을 찍어보세요.
힌트 : 수도꼭지, 콘센트, 건물 외벽의 창문

095

Date.

올해 내 마음을 가장 사로잡았던 것은?
사람이든 장소든 책이든 속절없이 푹 빠져든 것을 적어보세요.

096

Date.

흰 수국을 보면 주먹밥이 생각나는 사람, 손!
주변에 있는 꽃이나 식물을 보고, 연상되는 것을 떠올려보세요.

097

Date.

요즘 가장 맛있게 먹었던 것은?
먹는 행복을 느끼게 해준 음식들을 적어보세요.

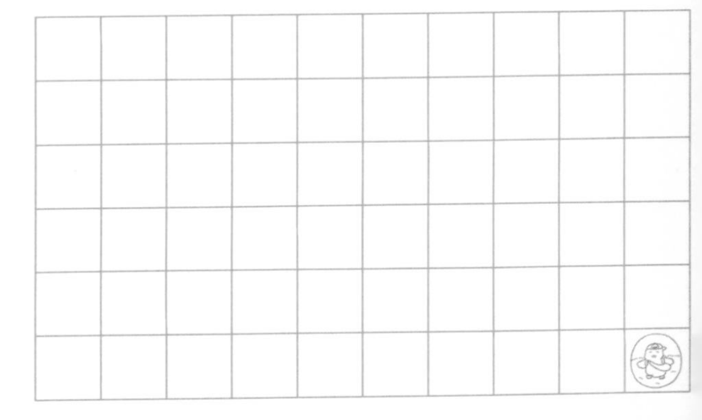

098

Date.

어린 시절 이후로 그림일기를 그려본 지 얼마나 되었나요?
오늘 하루를 한 컷의 간단한 그림일기로 그려보세요.

099

Date.

할일 한 개만 더 하면 100개가 완성됩니다. 오늘은
언제 들어도 내게 응원이 되는 말이 있다면 적어보세요.

100

Date.

내일은 아침 산책을 10분이라도 해보기로 해요.
몇 시쯤 일어나 어디를 걸을지 정해두고 잠자리에 들기로.

Cheer Up!

나와 만난 시간, 벌써 100일이에요.
그동안 성실하고 다정했던 나를 칭찬해주기로.

일상을 돌보는 능력, 일상력이
+100 상승했습니다.

101

Date.

몇 번씩 봐도 좋은 영화를 다시 한번 보는 하루.

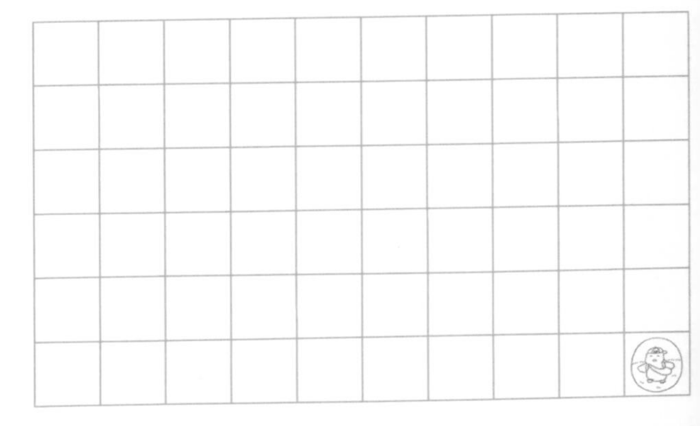

102

Date.

스트레스 받는 일 앞에서
'그럴 수도 있지' 생각하는 하루를 보내보세요.

103

Date.

오늘은 먹고 싶은 것만 먹는 하루.
누군가 "뭐 먹을래?" 물어오면
망설이는 대신, 정확히 먹고 싶은
'그것'을 이야기하기로.

104

Date.

학창 시절 기억에 남는 선생님이 있나요? 그 선생님의 어떤 말과 행동이 지금의 나에게 영향을 미쳤는지 적어보세요.

105

Date.

오늘은 내가 나에게 꽃 한 송이를 선물해볼까요.

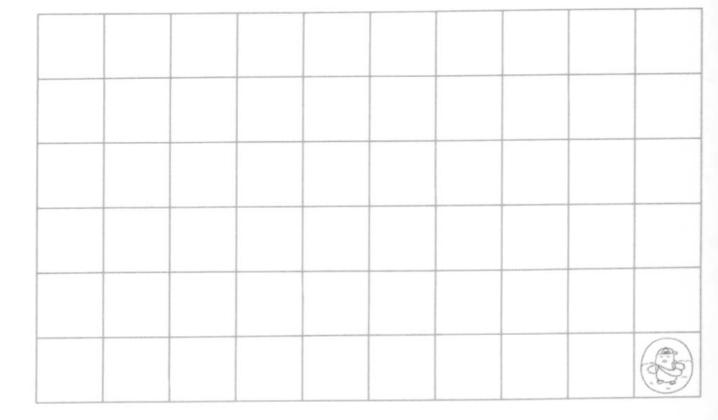

106

Date.

하루 중 나를 위해 보내는 시간은 꼭 필요합니다.
평화롭게 차 한 잔하는 여유를 누려보세요.

107

Date.

오늘은 기운을 셀프 충전하는 날.
나의 장점 다섯 가지를 적어봅시다.

108

Date.

가족이나 친구에게 고맙다는 문자를 보내보세요.
단순한 진심은 자주 전해질수록 좋아요.

109

Date.

오늘은 물을 아껴 쓰는 하루를 보내고,
무엇을 실천했는지 적어볼까요. ex. 양치컵 쓰기

110

Date.

기차를 타고 여행해본 지 얼마나 되었나요?
기차로 금세 닿을 수 있는 국내 여행지들을 검색해보세요.

111

Date.

오늘은 일상의 한 장면을
휴대폰 영상으로 짧게 찍어보세요.

112

Date.

내일 상쾌한 집에서 눈뜰 수 있도록
오늘 저녁엔 집을 정돈하고 잠자리에 들기로.

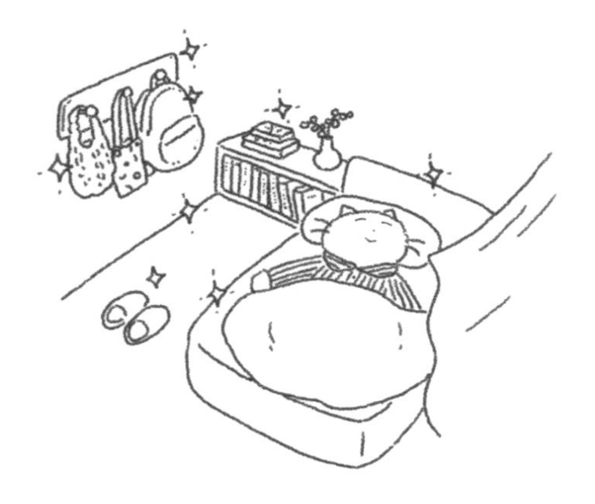

113

Date.

올해 첫눈이 오는 날 무얼 하고 싶나요?
당황하지(?) 않도록 미리
계획을 세워보세요.

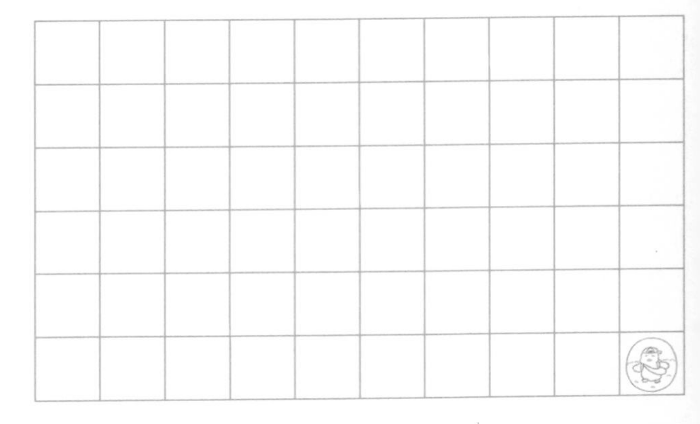

114

Date.

나에게 '조용한 행복'이 스며드는 순간은?

115

Date.

최근에 구매한 물건을 하나 떠올려보고,
그 물건이 내 일상에 어떻게 자리잡았는지 살펴보세요.

116

Date.

이번 주말엔 산이 보이는 조금 먼 곳까지 나가보세요.
계절마다 다른 옷을 입는 산이 얼마나 아름다운지 몰라요.

117

Date.

과일은 왠지 누군가와 같이 먹을 때가 더 맛있어요.
친구에게 과일 한 봉지를 선물하거나
함께 과일주스라도 먹는 하루를 보내기로.

118

Date.

꾸준히 써보고 싶은 ○○일기를 정해보세요.
ex. 노을일기, 맥주일기

119

Date.

지금껏 어른스럽게
잘해온 나에게 작은 선물을
하나 사주세요.

120

Date.

하루 5분씩만 매일 어딘가를 청소하면 집이 늘 깨끗하게 유지된다고 해요. 오늘의 5분은 어디를 청소하는 데 써볼까요?

121

Date.

점심 무렵에 바닥을 보고 걸으며
동글동글한 그림자를 찾아
사진을 찍어보세요.

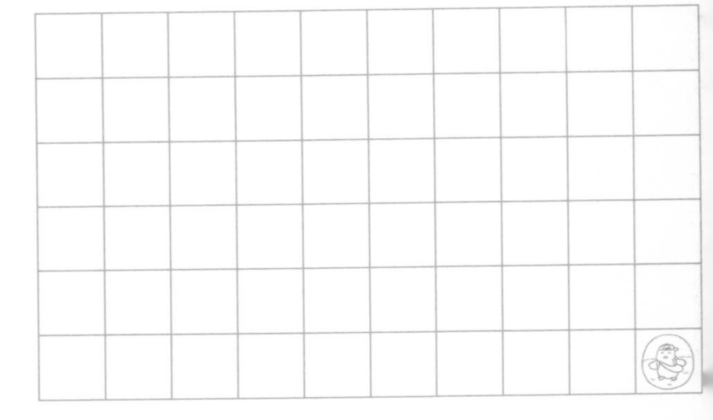

122

Date.

겨울의 어떤 순간들을 좋아하나요? 여기에 적어두고,
올겨울엔 그 순간들을 꼭 한 번씩 통과하기로 해요.

123

Date.

바다에 가면 하고 싶은 일 하나를 계획해보세요.

124

Date.

나 자신에게 다정한 말만 해주는 하루를 보내기.
탓하려는 말이 나올 때마다 그 말을 대신할 단어를 골라보세요.

125

Date.

가뿐한 몸으로 시작하는 하루는
조금 더 기운차기 마련이에요.
스트레칭으로 하루를 시작해볼까요.

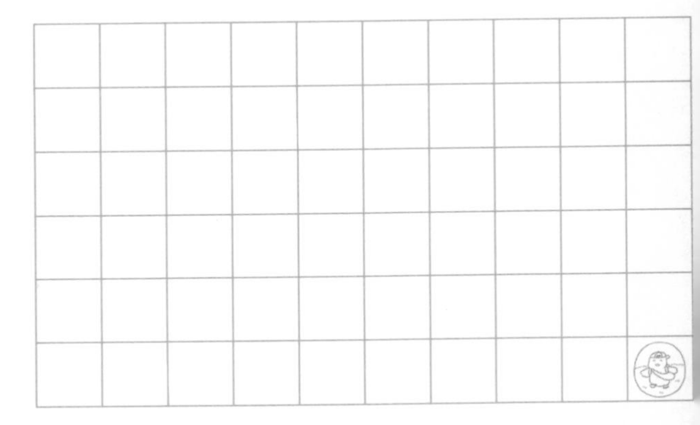

126

Date.

집 근처 강이나 개천이 있다면 저녁 무렵 산책을 나가보세요.
물가에서만 느낄 수 있는 정취에 대해 적어봅니다.

127

Date.

인생이 사계절이라면 '내 인생의 여름'이라 부를 만한 시기는
언제일까요? 그 시간에 대해 적어보세요.

128

Date.

아침마다 피곤하게 눈을 뜬다면
아침의 나를 상쾌하게 깨워줄 루틴 하나를 찾아보세요.

129

Date.

최근 처음 해본 일이 있다면?
올해의 작은 도전으로
꼽을 만한 일을
적어보세요.

130

Date.

여행지의 숙소를 고를 때 내가 중요하게
생각하는 것들을 적어보세요. 나를 행복하게 해주는
요소들을 정확히 알고 있는 것은 중요하니까요.

131

Date.

우리 집 창가에 서면 어떤 풍경이 보이나요?
지금 사는 곳에서 가장 자주 보는 풍경을 기록해두세요.

132

Date.

'가장 좋은 상태일 때의 나'를 기억해두세요. 그 상태를 알고 있는 것만으로도 돌아갈 지점이 또렷하게 생기니까요.

133

Date.

'인생 드라마'가 있나요? 그 드라마를 보고
달라진 생각이 있다면 적어보세요.

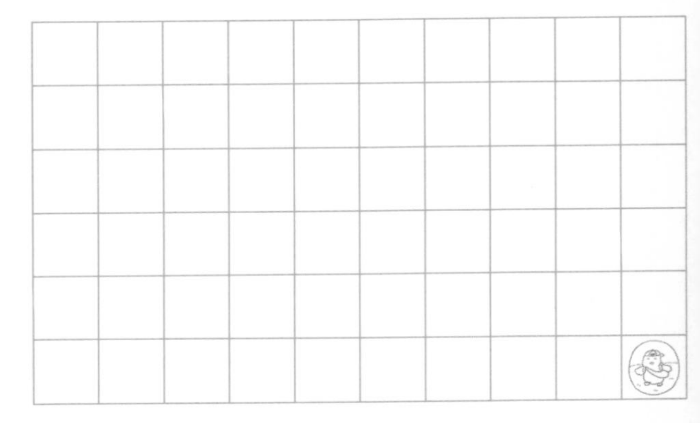

134

Date.

아침에 일어나 지금 눈 뜨면 도착해 있고 싶은 여행지를
떠올려보세요. 그곳이 어디였는지 적어주세요.

135

Date.

요즘 가장 자주 만나는
사람에게 쪽지나 엽서를
써서 건네보세요.

136

Date.

내가 좋아하는 색깔은? 그 색깔로 이뤄진 것들은?

137

Date.

유년의 여름을 생각하면 어떤 풍경이 떠오르나요?
그 풍경을 묘사해보세요.

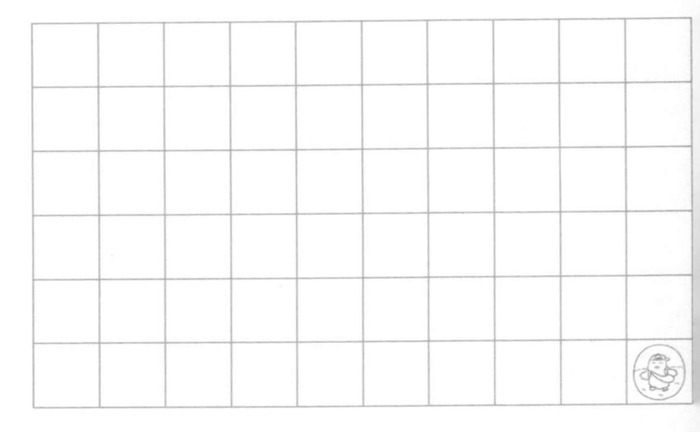

138

Date.

스스로에게 좋은 말 세 가지를 해주고
하루를 시작해보세요.

139

Date.

오늘은 가사에 꽃이 등장하는 노래를 들어보세요.
그 노래를 들으며 함께 걸을 사람을 상상해봐도 좋습니다.

140

Date.

최근의 나에게 좋은 영향을 미친 인물은?
그 사람 덕분에 어떤 생각을 하게 되었나요?

141

Date.

내가 다니는 길 곳곳에 있는 (그동안 모르고 지나쳤던)
점자 안내를 발견해보세요.

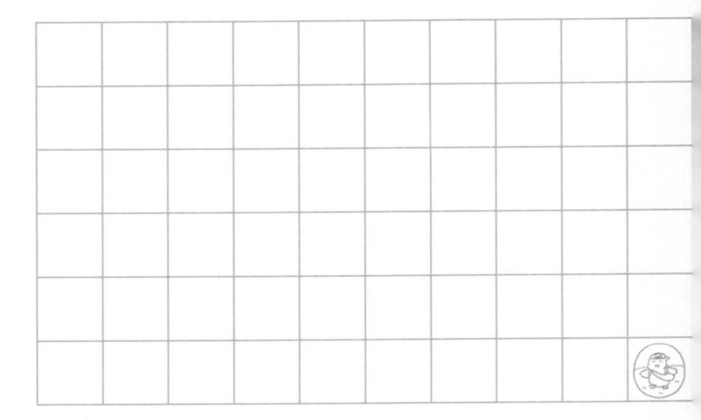

142

Date.

이 계절에만 찾을 수 있는 기쁨을 적어보세요.
예를 들어 여름에는 늦게 지는 해, 슬리퍼를 끌며 걷는 산책,
저녁의 시원한 바람 같은 것들이 좋더라고요.

143

Date.

동네에서 한 번도 걸어본 적 없는 골목길을 걸어보세요.
그곳을 걷는 동안 발견한 것들을 이곳에 적어주세요.

144

Date.

오늘은 이불 빨래를 하며 마음까지 탁탁 털어 말려보기로.
(베갯잇 정도도 좋아요.)

145

Date.

오늘 내가 만난 작은 행운 세 개를 나열해보세요.
딱 맞춰 도착한 버스, 맛있는 라떼,
손등을 핥아준 모르는 개 등등.

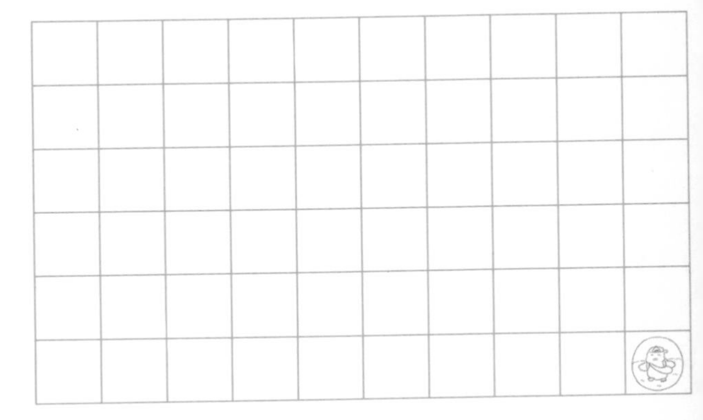

146

Date.

오늘 점심 메뉴, 점심을 먹으며 나눈 대화,
점심 때 본 풍경을 적어보세요.

147

Date.

아침의 날씨를, 점심 메뉴를, 퇴근길 풍경을 찍어보세요.
기록하는 즐거움은 소소한 일상에 숨어 있답니다.

148

Date.

지금껏 보낸 여름 중 가장 근사했던 여름의 추억을 떠올려
글로 기록해보세요. 제목은 '내가 사랑한 여름'.

149

Date.

집 주변에서 '좋아하는 나무'를 하나 정해보세요.
그 나무를 매일 바라보는 건 계절을 바라보는 일과 같거든요.

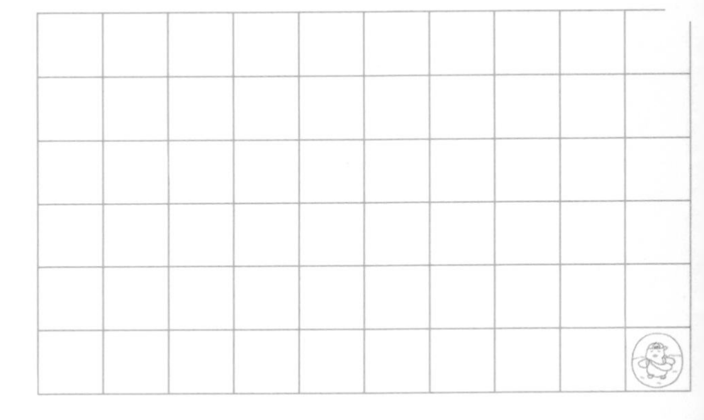

150

Date.

내 성격에서 조금 달라졌으면 하는 부분이 있나요?
'조금 달라진' 그 모습을 장착한 채로 하루를 보내봅시다.

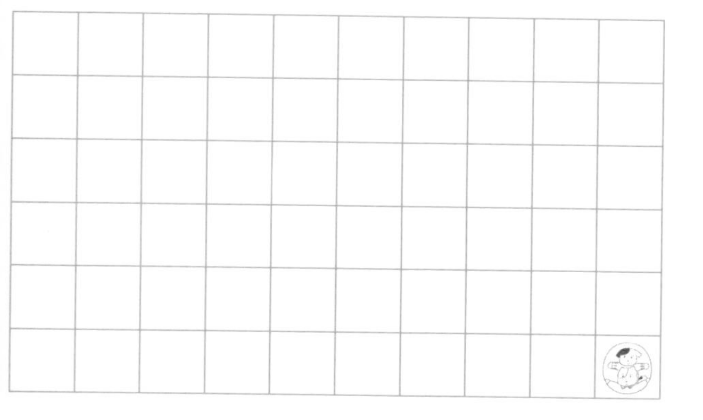

151

Date.

친구에게 내가 좋아하는 장소 한 곳을
소개해보세요.

152

Date.

옷장을 열어보세요.

3년째 안 입은 옷이 있다면 과감하게 내놓는 결단을!

153

Date.

최근에 꾼 꿈에 대해서 적어보세요.
어떤 꿈을 꾸었나요?

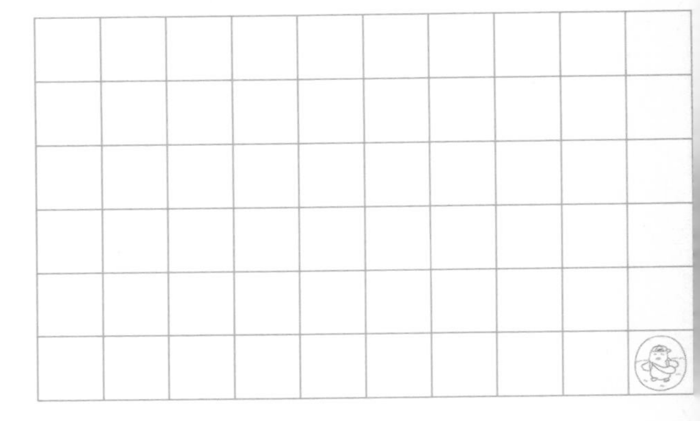

154

Date.

집 근처에서 가장 좋아하는 테라스 자리를 찾아보세요.
그곳에 앉아 무엇을 하면 제일 행복할까요?

155

Date.

나의 인생 영화는?
그 영화의 어떤 점이 좋았나요?

156

Date.

요즘 즐겨 듣는 노래는?
그 노래를 함께 듣고 싶은 사람은?

157

Date.

지난 계절에는 있었는데, 지금은 사라진 장소가 있나요?
바뀐 풍경을 의식하며, 눈앞의 한 번뿐인 '순간'을
충분히 누리는 하루를 보내기로 해요.

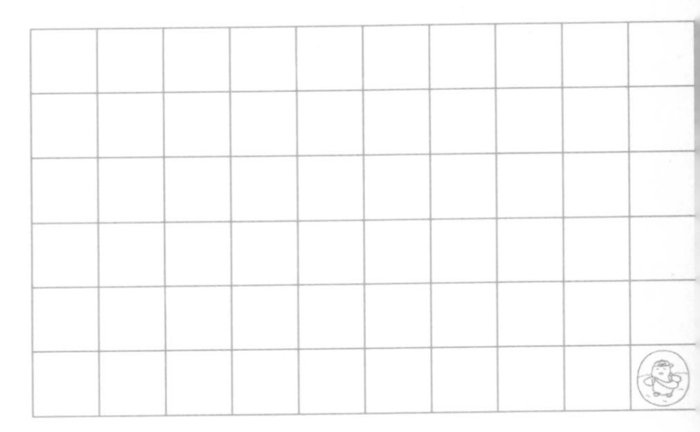

158

Date.

이 계절의 가장 근사한 하늘을 기록해두겠다는
생각으로 하늘을 올려다보세요. 일주일만 찍어보아도
최고의 하늘을 찾을 수 있을 겁니다.

159

Date.

내가 좋아하는 단어 세 가지를 떠올려보세요.
그 단어들을 아래 적어보세요.

160

Date.

오늘은 나를 위해 하고 싶은 일 하나를 계획해
실천하는 하루를 보내보세요.

161

Date.

제주 서쪽 '노을해안로'에 가면
바다 위로 솟아오르는 돌고래를 볼 수 있다는 사실, 아시나요?
올해가 가기 전, 제주에 다녀오는 계획을 세워볼까요.

162

Date.

내일 무엇을 입을지 미리 골라보는 하루.
어떤 옷을 입으면 기분이 좋을까요?

163

Date.

비닐봉투를 쓰지 않는 하루를 보내보세요.

164

Date.

산책길에 자주 마주치는 (반가운) 개가 있다면
오늘은 용기를 내어 이름을 물어보세요.

165

Date.

지금 사는 동네, 자취방, 매일 오가는 골목길...
시간이 흐른 뒤 그리워질 것 같은 공간이 있다면
'지금'의 모습을 사진으로 남겨보세요.

166

Date.

산책하다 걸음을 멈추게 하는 풍경이 있나요?
오늘은 그 풍경에 대해 적어보세요.

167

Date.

우리 동네에는 어떤 꽃집들이 있나요?
오늘은 그중 한 곳에서 화분을 구경해보기로 해요.

168

Date.

한 번쯤 가보고 싶다 생각했던 숙소가 있나요?
언제 누구와 갈지 계획을 세워보세요.

169

Date.

3×3 빙고를 만들어봅시다. 앞으로 하고 싶은 일,
이루고 싶은 목표 등으로 아홉 칸을 채워보세요.

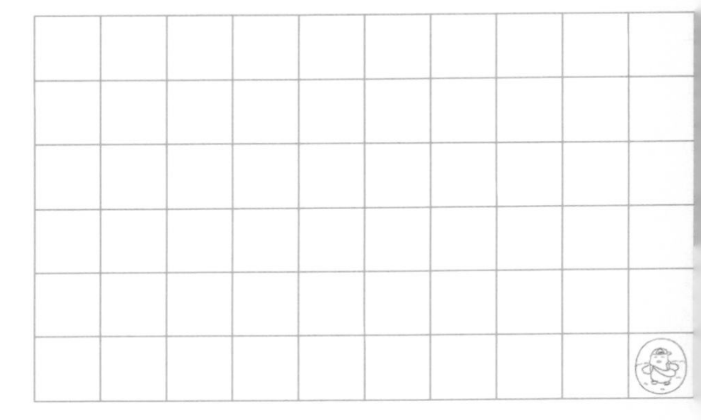

170

Date.

#167에서 봐두었던 동네 꽃집에 가서
오늘은 작은 화분을 하나 사기로 해요.

171

Date.

침대에 드는 햇살, 커피콩 가는 냄새…
내게 '완벽한 아침' 하면 떠오르는 풍경을 적어보고,
그런 아침을 만들어보세요.

172

Date.

'세계 이모지의 날'이 있다는 걸 알고 계시나요?
친구에게 이모지로만 이루어진 문장으로 마음을 전해보세요.

173

Date.

집 밖으로 나가 처음으로 만나는 사람에게
무엇이든 칭찬을 하나 건네보세요. ex. 옷 잘 어울려요.

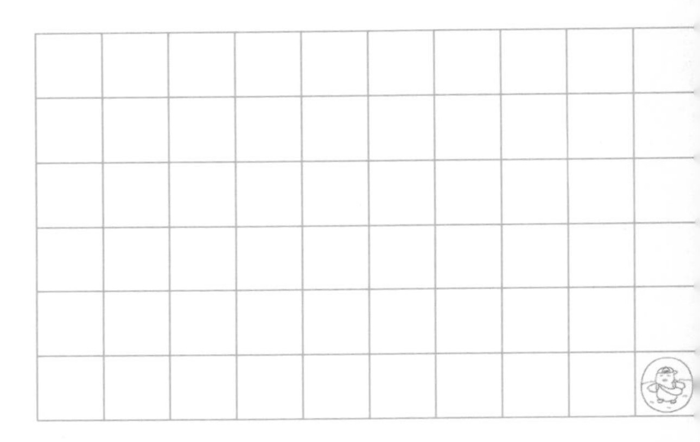

174

Date.

하루를 돌아볼 때
'오늘의 인상'으로 남겨두고 싶은 풍경이 있다면?

175

Date.

집에서 내가 좋아하는 물건을 골라 그려보세요.
그리다 보면 자세히 관찰하게 된답니다.

176

Date.

가까이 있지만 모르는 공원, 궁금했던 가게 등
낯선 곳을 향해 '작은 여행'을 떠나보면 어떨까요.

177

Date.

땅을 일구고 작물을 길러내는 농부의 손길을 생각하며
오늘은 밥을 남기지 않는 하루를 보내기로.

178

Date.

오늘 하루 중 '나를 미소 짓게 한 순간'을
기억해두었다가 여기에 적어보세요.

179

Date.

언제 떠올려도 내 마음을
따뜻하게 덥히는 장면이 있다면 적어보세요.

180

Date.

여행지에 온 듯한 기분을 주는 장소를 주변에서 찾아볼까요?
아, 여기 있으니까 ○○에 온 것 같다, 말하게 되는 그런 곳요.

181

Date.

'오늘의 장면'을 모은다는 생각으로 동네 산책을 나가봅시다.

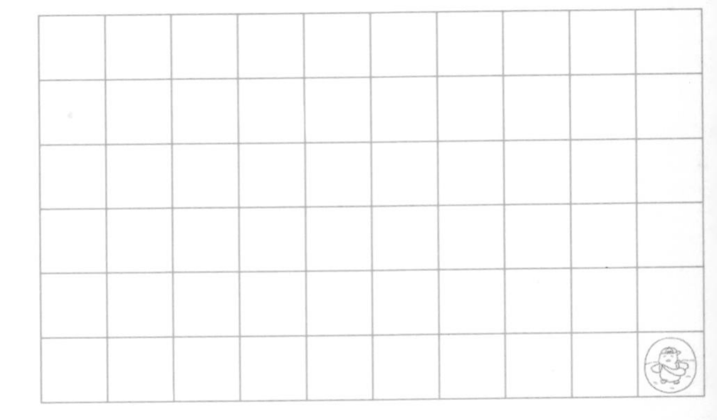

182

Date.

내가 좋아하는 동물의 근황(!)을 검색해보세요.
그 동물들을 위해 내가 할 수 있는 일은 무엇이 있을까요?

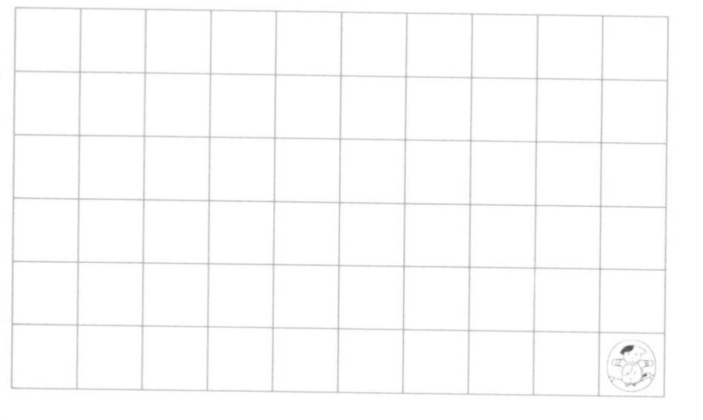

183

Date.

종일 집에 머무는 날에는 평소에 보지 못했던
집의 표정을 볼 수 있어요. 우리 집에서 빛이 가장 잘 드는
장소는 어디인지 찾아보세요.

184

Date.

다른 모양의 나뭇잎 세 장을 주워보세요.
계절을 집 안에 들여와 며칠 동안 바라보는 거예요.

185

Date.

헤어지고 집으로 돌아오는 길,
허전했던 마음을 차오르게 하는 사람이 있나요?
그 사람과 주말 약속을 잡아보세요.

186

Date.

닮고 싶은 사람이 있나요?
그 사람의 어떤 점을 보고 그런 생각을 했는지 적어보세요.

187

Date.

오늘 저녁 집으로 돌아오는 길엔
나를 위한 선물을 하나 해보기로.

Date.

이 계절의 소리를 채집해보세요. 바람 소리, 빗소리,
개울물 소리, 거리의 음악 소리 무엇이든 좋습니다.

189

Date.

가족에게 가보고 싶은 장소 세 곳을 물어보세요.
그중 한 곳을 올해가 가기 전에 함께 가보는 계획을
세우는 것도 좋겠죠.

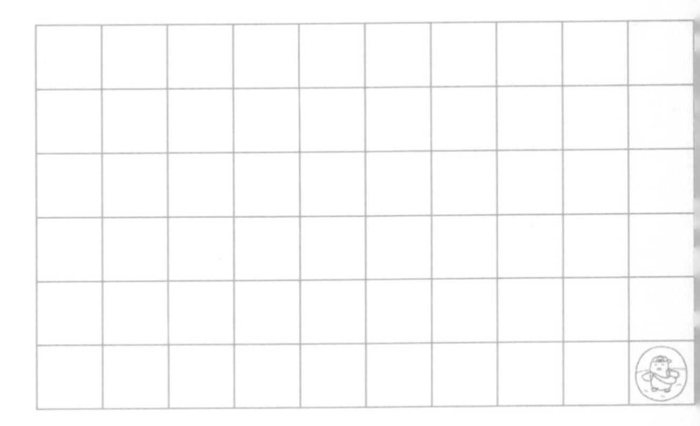

190

Date.

휴대폰 앨범에서 오래 간직하고 싶은 사진들을 골라
인화 서비스를 맡겨보세요.
종이 위에 남는 추억은 또 다르니까요.

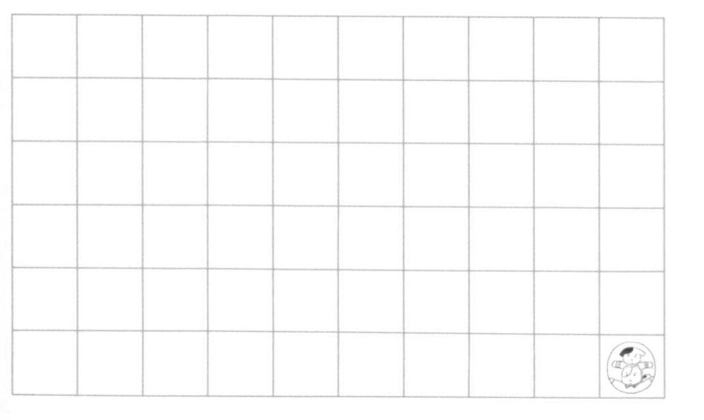

191

Date.

나의 '인생 책'은?

그 책의 어떤 점이 좋았는지 한 줄 감상을 적어보세요.

192

Date.

꽃을 찾는 꿀벌처럼 나도 모르게 끌리는 사물이 있다면?
오늘은 그 이유가 무얼지 한번 적어볼까요.

193

Date.

텀블러와 작게 접히는 장바구니를 들고 다녀볼까요.
환경을 위해 내가 할 수 있는 일을 실천해보는 거예요.

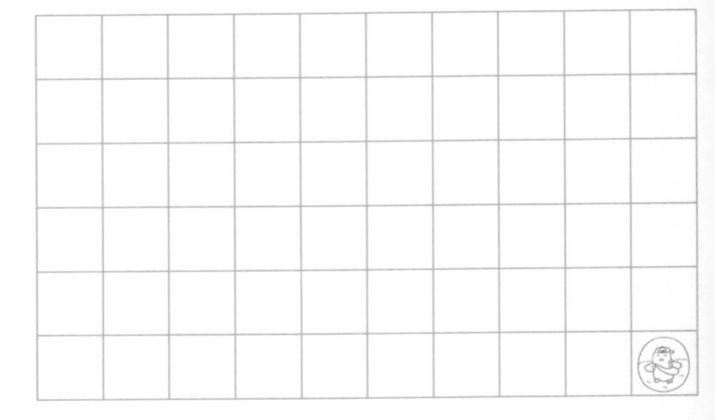

194

Date.

오늘 하루 (그래도) 좋았던 일 한 가지 찾아보기.

195

Date.

점심에는 따뜻한 국물이 있는 식사로 기운을 냅시다.
점심을 먹으며 생각한 것을 이곳에 적어주세요.

196

Date.

나를 동심으로 돌아가게 해주는 행동이 있다면?
오늘은 그 일을 한번 실천해보는 거예요.

197

Date.

'오늘은 이렇게 살고 싶다'는 마음을
대표하는 문장을 하나 정해볼까요.

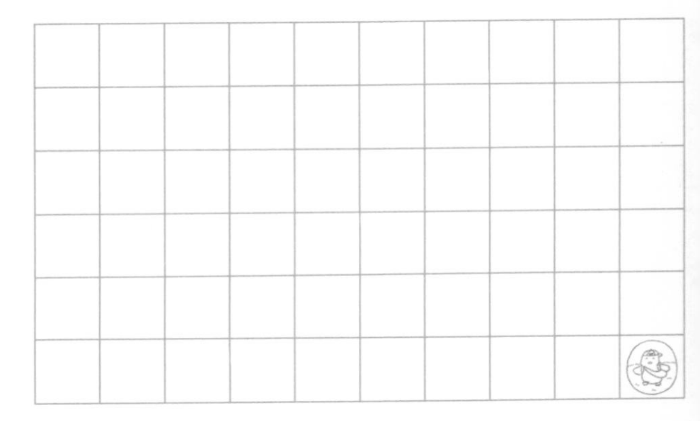

198

Date.

이 계절에 피는 꽃을 검색해보세요.
보고도 지나치던 주변 꽃들의 이름을 알게 될 거예요.

199

Date.

한 장소의 봄, 여름, 가을, 겨울을 기록해보세요.
오늘부터 시작해보는 거예요. 나중에 사계절의 사진을
모아 바라보는 기쁨이 있답니다.

200

Date.

오늘은 비타민 충전의 날.
나를 싱그럽게 채워줄 것들을 찾아 먹어보기로 해요.

Cheer Up!

평범한 하루의 특별한 계획,
어느덧 200일째.

이대로라면 완주도 문제 없겠어요.
일상을 돌보는 능력,
일상력이 +200 상승했습니다.

201

Date.

'사용한 물건 제자리에 돌려놓기'만 잘 실천해도
집이 어지럽혀질 일은 없답니다. 물건들에게 제자리를
찾아주는 하루를 보내세요.

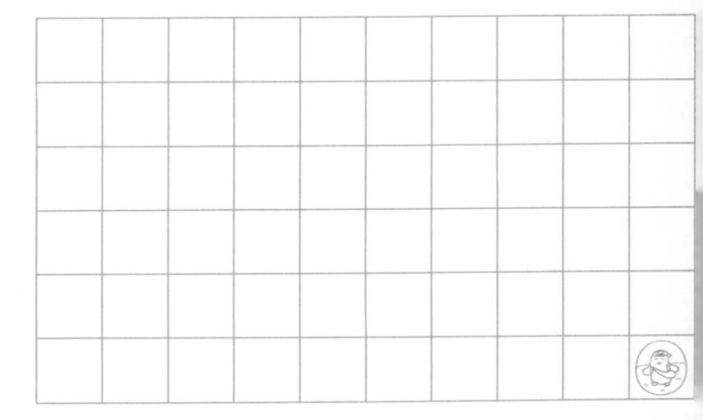

202

Date.

나는 가을의 어떤 순간들을 좋아하나요? 여기에 적어두고,
올가을엔 그 순간들을 꼭 한 번씩 통과하기로 해요.

203

Date.

동물로 태어난다면 무엇으로 태어나고 싶나요?
오늘은 그 동물에 대해 공부해봅시다.

Date.

요즘 새롭게 관심을 갖게 된 분야가 있다면 적어보세요.

205

Date.

지난해 내가 한 일 중 가장 잘한 일은?
올해는 무엇을 하면 그런 기분이 들까요?

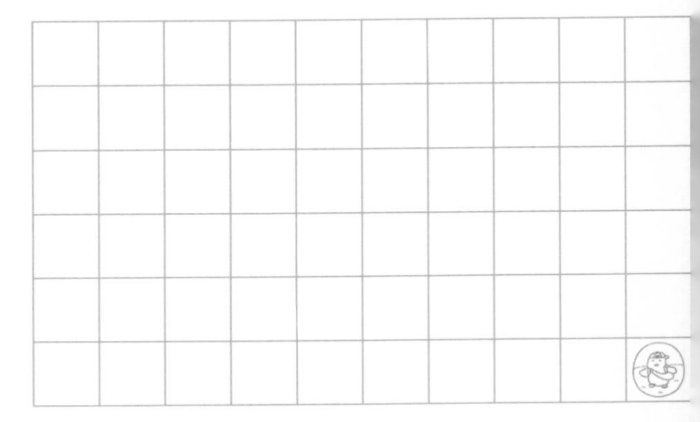

206

Date.

'지금'이 지금뿐이라는 걸 자주 잊고 삽니다.
오늘은 매순간에 촘촘히 집중하는 하루를 보내보세요.

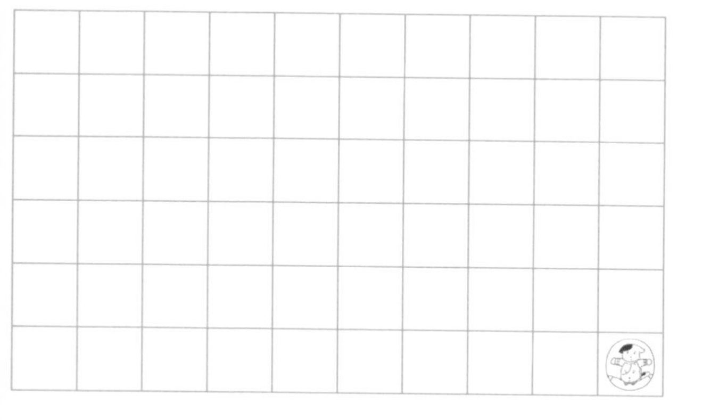

207

Date.

바깥에 나가 처음으로 만나는 존재에게
먼저 반갑게 인사를 건네보세요.

208

Date.

바람에 흔들리는 나무를 보면 동영상을 찍어보세요.
잎들이 부딪치며 내는 이 계절만의 소리가 담길 거예요.

209

Date.

길맥, 편맥, 혼맥, 어떤 식으로든
맥주로 기분 내는 저녁을 보내보세요.

210

Date.

한번쯤 꼭 올라가보고 싶었던 산이 있다면?
오늘은 그곳에 갈 구체적인 계획을 세워볼까요.

211

Date.

주위에 있는 길냥이들을 숨은그림찾기 하듯 발견해보세요.
보려고 하면 더 많이 보일 거예요.

212

Date.

『3시의 나』라는 책을 아시나요?
오늘 3시에 나는 어디서 무얼 하고 있었는지
기억해두었다 여기에 적어주세요.

213

Date.

집에 돌아오는 길, 한 정거장 전에
내려 걷거나 전혀 가본 적 없는 길로
걸어보세요. 때로 낯선 길에서
만나는 우연이 있으니까요.

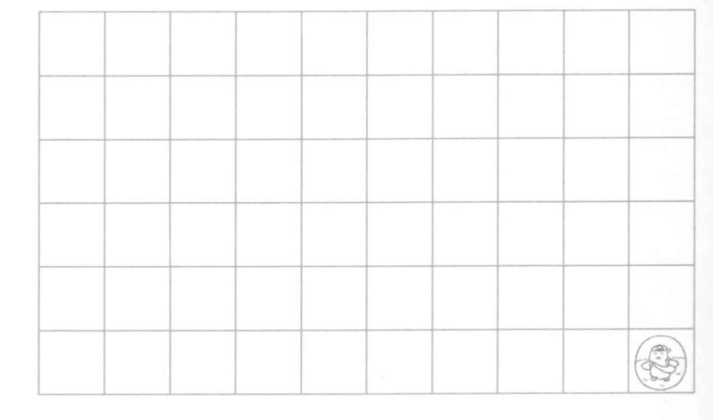

214

Date.

나를 위해 소풍 도시락을 싼다면, 어떤 음식을 준비하고 싶나요?
내가 생각하는 근사한 도시락을 한번 떠올려보세요.

215

Date.

오늘은 바다 생물을 위해
플라스틱 사용을 줄이는 하루를 보내보세요.

216

Date.

내가 가진 사소한 특기를 세 개만 적어보세요.
음료수 뚜껑을 잘 연다거나 알람 없이 잘 일어난다거나
뭐든 좋아요.

217

Date.

오늘은 집의 공간 중 하나를 골라 말끔히 청소해봅시다.
공간을 정리하면 마음도 함께 정리되니까요.

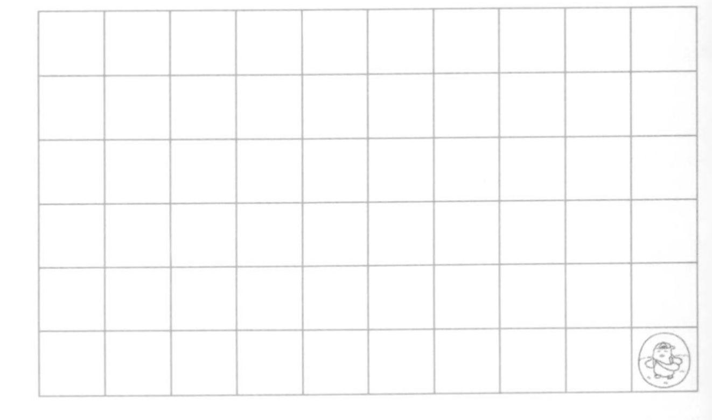

218

Date.

마음은 전하라고 있는 거니까,
오늘은 가족에게 고맙다는 말을 전해보세요.

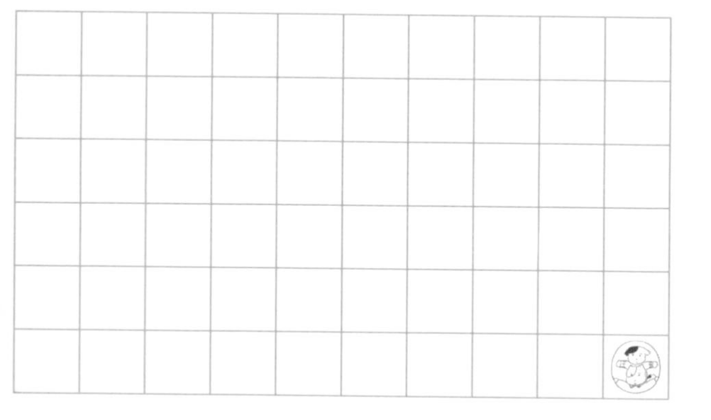

Date.

#149에서 '좋아하는 나무'로 정했던 나무가
오늘은 어떤 모습을 하고 있는지 관찰해보세요.

220

Date.

시간이 있다면 새로 배워보고 싶은 것이 있나요?
오늘은 그것을 배우기 위한 기초 정보를 찾아보세요.

221

Date.

늘 근사하다고 생각했던 동물이 있나요?
오늘은 그 동물의 생태에 대해 찾아보면 어떨까요.

222

Date.

어렸을 때 좋아했던 사탕이 있나요?
오늘은 그 사탕을 찾아 동심을 회복해보는 날입니다.

223

Date.

'오늘의 문장'을 찾는다는 생각으로
하루를 보내볼까요. 듣거나 읽은 것 중
주워두고 싶은 문장을
여기에 적어두세요.

224

Date.

베갯잇을 깨끗이 빨고 좋아하는 향기를 입혀보세요.
베개가 깨끗해지면 꿈도 단정해집니다.

225

Date.

지구가 생긴 이래로 똑같은 날씨는 하루도 없었답니다.
오늘은 창밖으로 어떤 날씨가 흐르고 있나요?

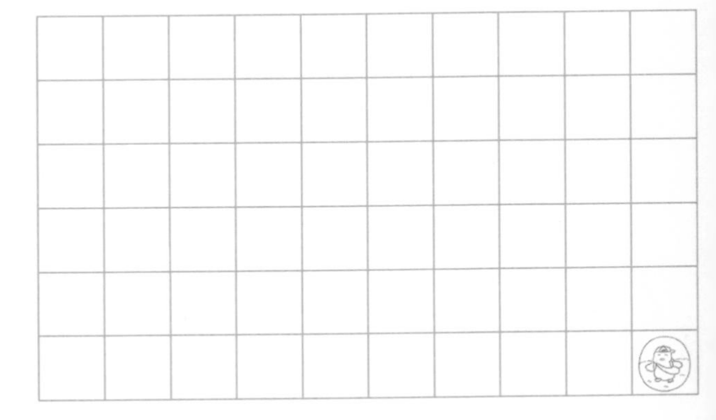

226

Date.

오늘은 냉면의 날(로 방금 정했습니다).
물냉면, 비빔냉면, 평양냉면, 내 취향인 냉면을 먹는 날이에요.

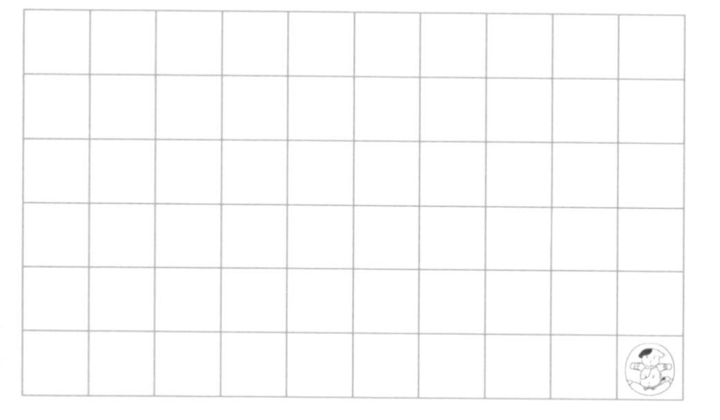

227

Date.

숲에서 다양한 열매를 주워보세요.
도토리부터 이름을 알 수 없는 열매들까지.
계절이 우리에게 남기고 가는 것들을 알 수 있답니다.

228

Date.

오늘을 '경청의 날'로 정해봅시다.
누구를 만나든 상대방의 이야기에 집중하는 하루를 보내보세요.

229

Date.

집 근처 중고 서점에 가서
마음에 드는 책을
하나 사기로 해요.

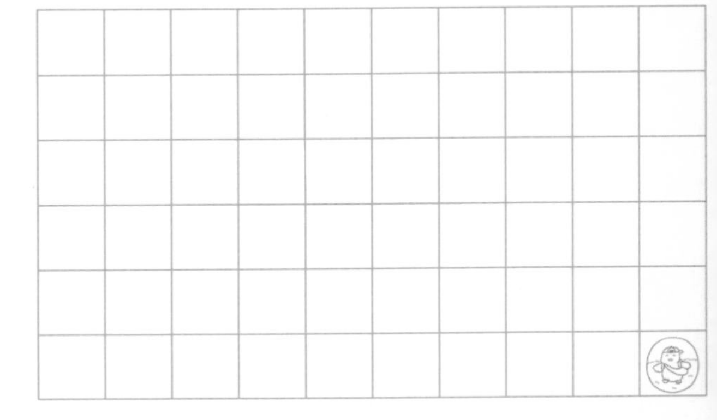

230

Date.

근처에서 지금 꽃이 핀 장소 중 하나를 골라
앞으로 변화를 관찰해보기로 해요.

231

Date.

오늘 아침에는 책장에 꽂힌 책 중
한 권을 꺼내 아무 페이지나 펼쳐보세요.
거기서 눈에 띈 문장 하나를 오늘의 태도로 삼기로.

232

Date.

작은 기쁨을 챙기기 위해 생긴 습관이 있다면
적어보세요. 버스를 타면 창가에만 앉는다거나,
책을 읽다 좋은 페이지의 귀퉁이를 접어둔다거나.

233

Date.

“날씨 정말 좋다” 연거푸 말하게 되는 계절이 있지요.
바람이 좋아 목적지 없이 나서는 밤 산책을 해봅시다.

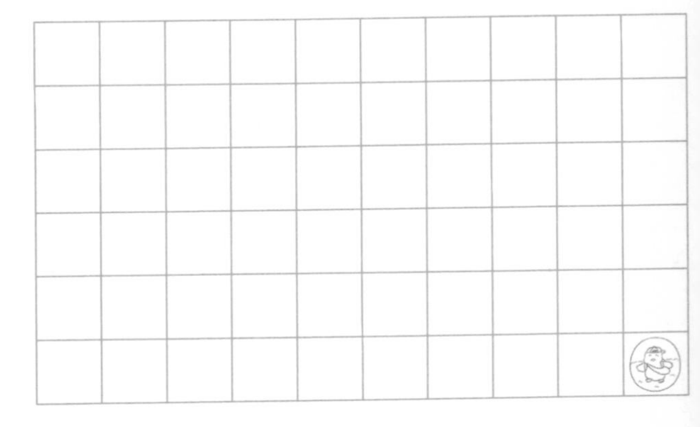

234

Date.

어린 시절 우리 집은 어떤 모습이었나요?
오늘은 그 풍경을 곰곰이 떠올려 묘사해보세요.

235

Date.

오늘은 지친 '나'를 돌보는 날. 좋아하는 과일을 먹이고,
노래를 들려주고, 일찍 재우세요. 충전될 수 있도록.

236

Date.

산책을 나가서 '산책의 기념품'을 주워보세요.
돌멩이, 꽃잎, 솔방울 무엇이든 좋습니다.

237

Date.

동네에서 누군가의 이름이 적힌 간판을 찾아보세요.
그곳은 어디인가요?

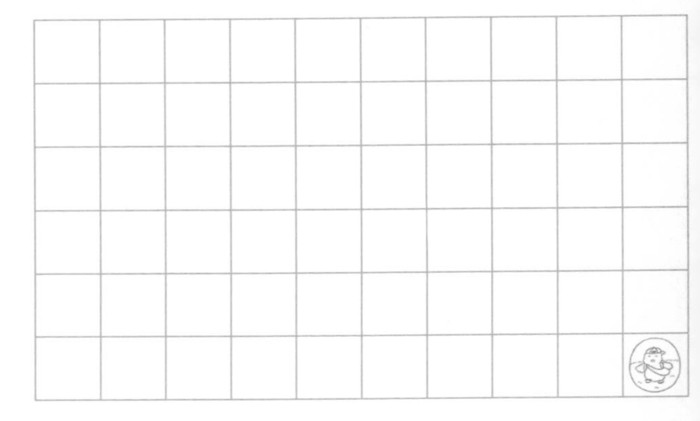

238

Date.

한 번도 해보지 않은 운동 중에 시도해보고 싶은 것은?

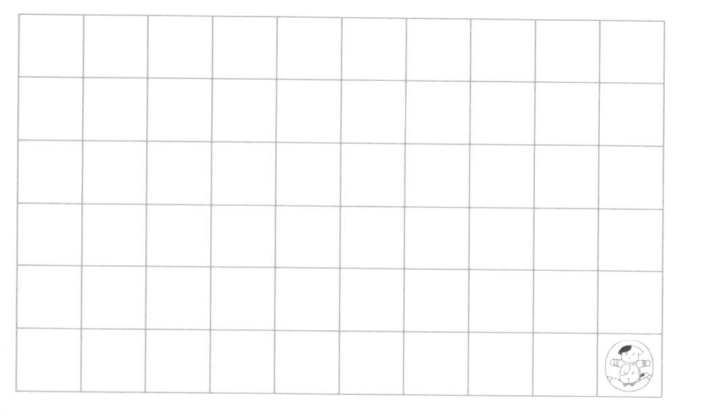

239

Date.

친구에게 내가 자주 쓰는 말버릇이 무엇인지 물어보세요.

240

Date.

내가 꼽은 '인생 가게'는?(카페, 맛집, 서점 등)
요즘 특별히 아끼게 된 장소가 있다면 이곳에 적어보세요.

241

Date.

학교나 회사를 오가는 길의 풍경을 찍어보세요. 매일 보며
무심히 지나치지만 실은 매일 조금씩 달라지고 있는 풍경을요.

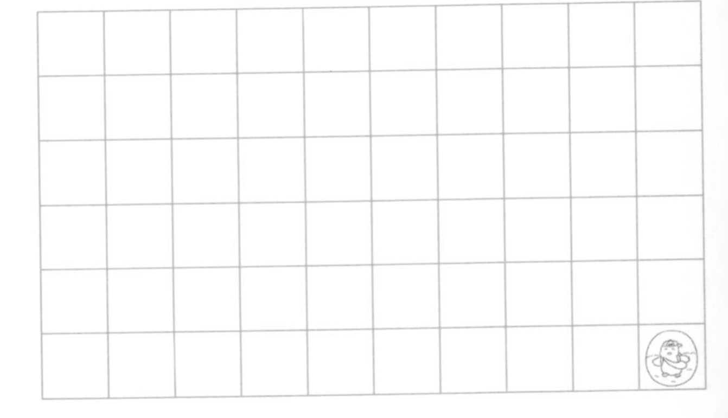

242

Date.

언제든, 누구에게든 선물해도 좋은 책을
하나 정해두기로 해요.

243

Date.

'이럴 때 기분이 정말 좋다' 하는 순간이 있나요?
오늘은 그중 하나를 실천해보기로.

244

Date.

집중해서 요리하다 보면 잡념이 사라집니다.
오늘은 천천히 요리하는 시간을 가져볼게요.

245

Date.

아침을 기분 좋게 시작할 수 있는 '좋아하는 일'
한 가지를 찾아보세요. 어떤 하루가 될지 모르니까
아침에라도 좋아하는 일 하나는 해봐야죠.

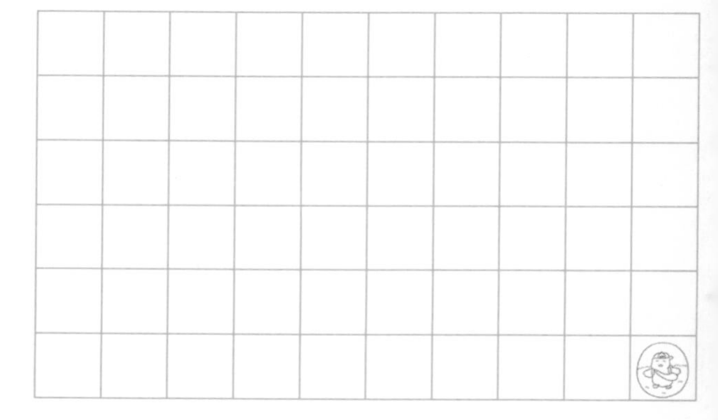

246

Date.

친구에게 오래전 함께 찍은 사진을 전송해보세요.
잠시 추억 여행을 떠날 수 있답니다.

247

Date.

어떤 할머니 혹은 할아버지가 되고 싶나요? 매일의 내가 쌓여
그 모습이 될 테니 상상한 대로 하루를 살아보기로 해요.

248

Date.

기린은 포유동물 중 수면시간이 가장 짧대요.
오늘은 평소보다 잠을 줄여 안 하던 일을 하나 해보면 어떨까요?

249

Date.

오늘은 아무것도 사지 않는 날.
(어렵겠지만) 실천하는 하루를 보내봅시다.

250

Date.

귀여운 구름, 귀여운 간판, 귀여운 농담. 귀여움 레이더를
가동시켜서 '오늘치 귀여움' 하나를 찾아내봅시다.

251

Date.

이맘때 창밖 풍경이 근사한 숙소를 찾아보세요.
그곳으로 떠날 계획을 세우고 예약을 해둡시다.
(행복은 예약하는 것!)

252

Date.

오늘은 밖에 나가 제철 과일을 사서 먹어보세요.
어떤 과일을 샀나요?

253

Date.

오늘은 유튜브 알고리즘의 추천에서 벗어나
생전 볼 일 없을 것 같은 영상을 한 편 찾아서 보세요.

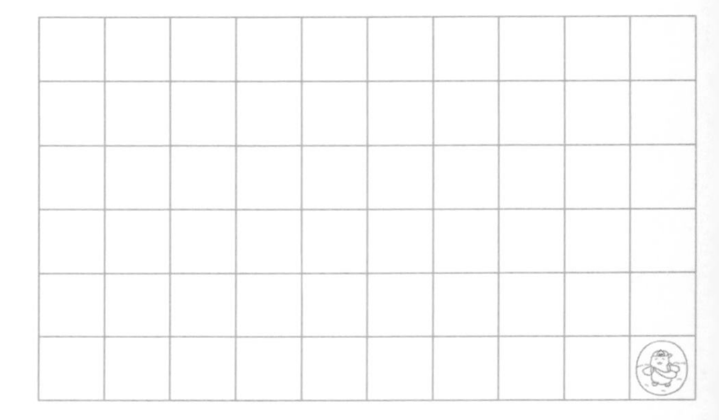

254

Date.

비가 내리면 하고 싶은 일을 적어보세요.
비 내리는 날에만 어울리는 일들이 있으니까요.

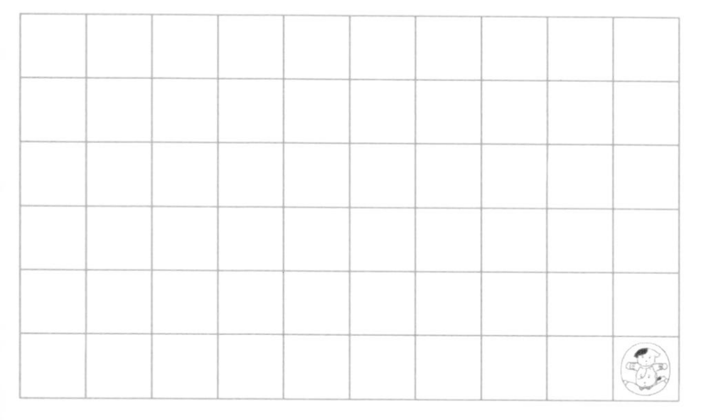

255

Date.

조급해해봤자 달라지는 건 없으니, 오늘은 무엇이든
쉬엄쉬엄하는 하루를 보내기로 해요.

256

Date.

오늘은 겉모습에 작은 변화를 하나 줘볼까요?
앞머리를 조금 잘라보는 것도 좋아요.

257

Date.

지난 일주일 동안의 소비 내역을 살펴보며
영수증 일기를 써보세요.

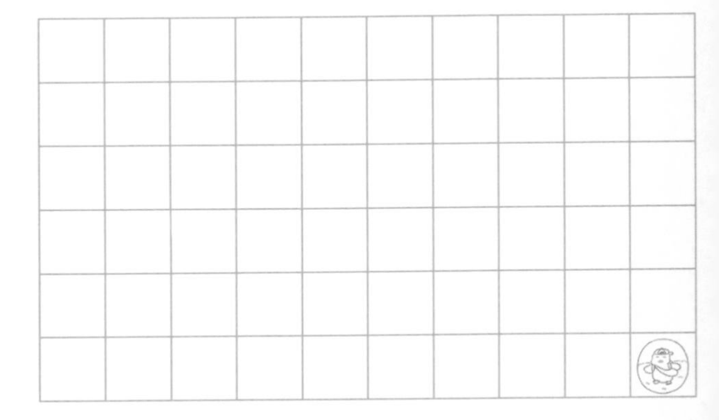

258

Date.

내가 제일 좋아하는 간식을 떠올리고,
오늘은 그걸 먹는 계획을 세워보아요.

259

Date.

#230에서 관찰한 장소의 오늘 풍경을
사진으로 담아보세요.

260

Date.

요즘 내 마음에는 어떤 서운함이나 우울, 걱정이 있나요?
그 감정이 조금이라도 가실 수 있는 행동을 해보기로 해요.

261

Date.

오늘 내가 본 가장 좋은 것을 SNS에 올려야지!
하는 마음으로 하루를 보내보세요.
관찰과 발견, 공유의 기쁨을 두루 느낄 수 있답니다.

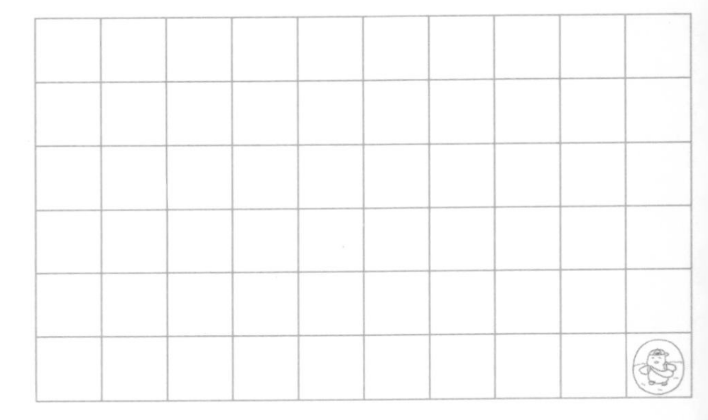

262

Date.

버려야 하는데 버리지 못하고 있는 물건이 있다면
오늘은 그 물건에 대해 생각해보세요.

263

Date.

한 줄짜리 일기를 써봅시다. 하루를 한 줄로 요약해보세요.

오늘 하루

264

Date.

계절마다 꼭 챙겨먹는 음식이 있을까요?
오늘은 그 음식과 함께 제철을 즐겨보세요.

265

Date.

휴대폰 앨범을 뒤적여봅시다.
작년 오늘(어제 혹은 내일)에는 어떤 사진을 찍었나요?

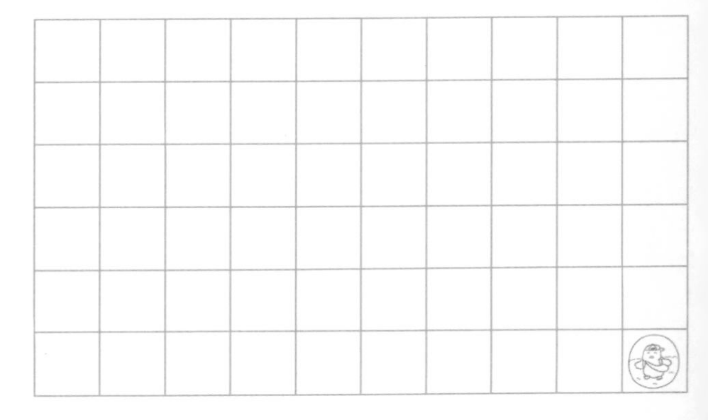

266

Date.

어릴 적 무엇을 할 때 시간 가는 줄 모르고 즐겁게 놀았나요?
그 시절 그 마음을 떠올려보세요.

267

Date.

하루를 보내며 내가 어떤 감정들을 느끼고 흘려보내는지
감정에 대한 메모를 해보세요.

Q. 오늘의 감정은?

268

Date.

나무들이 어떤 빛깔을 띠고 있는지 골똘히 바라보세요.
오직 이 계절에만 볼 수 있는 나무의 표정이 있습니다.

269

Date.

오늘은 집 근처의
가장 가까운 산을 찾고,
등산 계획을 세워보세요.

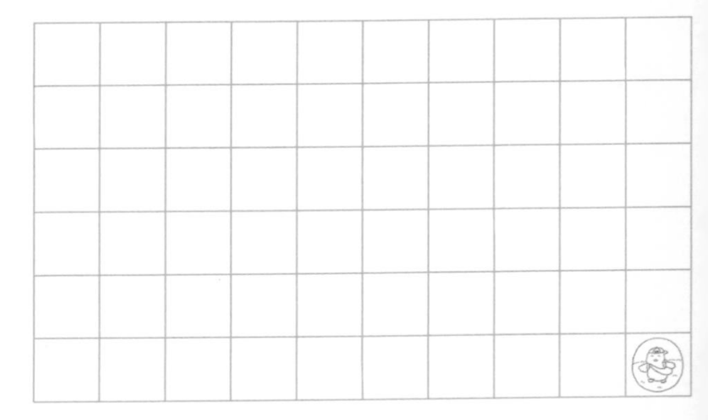

270

Date.

'내가 가장 좋아하는 일요일 아침의 풍경'이 무엇인지
떠올려보고, 다가오는 일요일에 실행해보세요.

271

Date.

서랍 하나를 골라 정리해보세요. 가진 것을 정돈하고
어디에 뭐가 들어 있는지 파악하는 일은 즐거움을 줍니다.

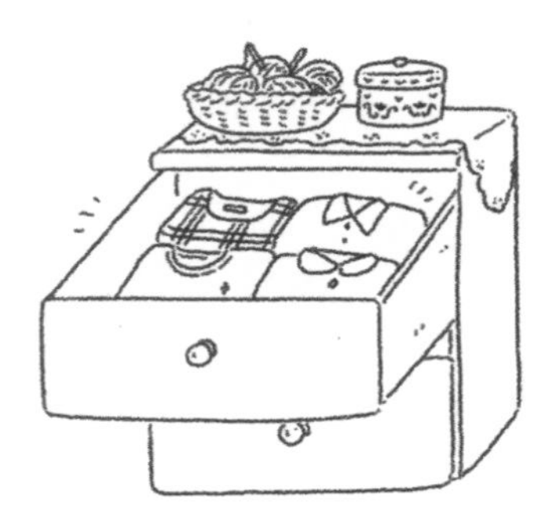

272

Date.

손으로 직접 만들어보고픈 물건이 있다면?
오늘은 그에 대해 적어볼까요.

273

Date.

내가 좋아하는 소리는?

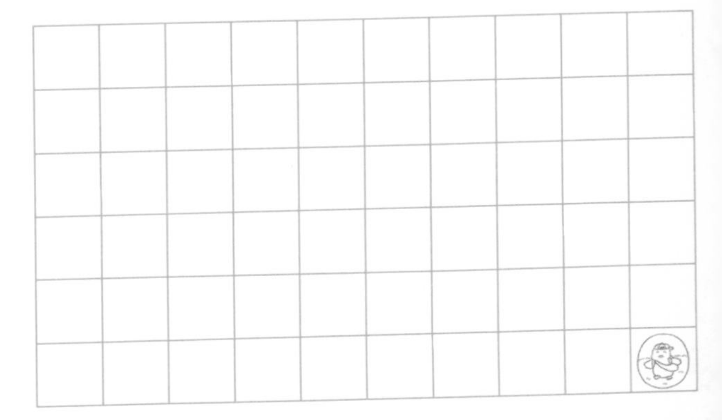

274

Date.

매달 좋은 일 하나씩은 일어나요.
이번 달에 가장 좋았던 일은 무엇인가요?

275

Date.

들을 때마다 좋았던 순간으로 돌아가게 해주는 노래가 있나요? 오늘은 그 노래를 들어보세요.

276

Date.

추억이 되도록 '만남 일기'를 써보는 것도 좋습니다.
어디에 가서 누구를 만나 어떤 대화를 나누었고
어떤 기분과 생각이 들었는지 적어보는 거예요.

277

Date.

가끔 새로운 일을 해보면 활력이 생깁니다.
오늘은 원데이클래스를 검색해보세요. 혼자 혹은 친구와 함께
다녀오고 싶은 수업을 하나 알아보기로.

278

Date.

장점을 발견하는 것도 장점. 오늘은 마주치는
주변 사람들에게서 장점을 하나씩만 찾아내보세요.

279

Date.

창문을 열어 신선한 공기로
집 안을 환기하며 하루를 시작합시다.

280

Date.

자주 쓰는 물건에 귀여움을 더해보세요.
의외로 기분 전환이 된답니다.

281

Date.

밤의 피로를 물리칠 수 있는 비법이 있나요?
나만의 '단 밤 3종 키트'를 찾아보세요.

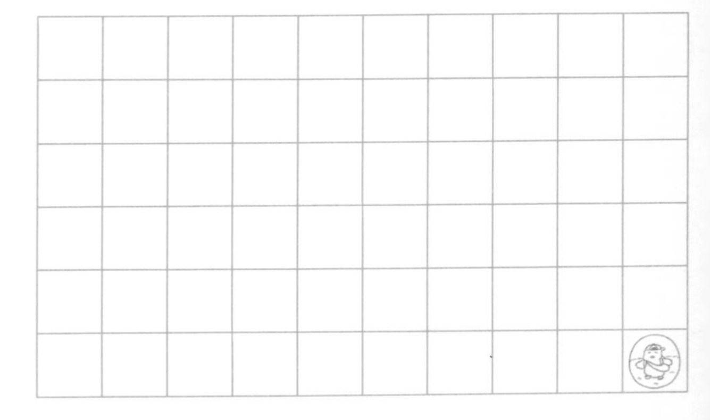

282

Date.

새로 만들고 싶은 취미가 있다면?
그 취미에 대해 찾아보는 하루를 보내기로 해요.

283

Date.

주말에 하고 싶은 일 한 가지를 정해봅시다.
생각만으로 조금 신이 나는 일로 말이에요.

284

Date.

연락한 지 오래된 친구에게 안부를 물어보는 하루를 보내보세요.
어떤 친구에게 안부를 묻고 싶나요?

285

Date.

내가 가장 자유를 느끼는 순간은?
오늘은 자유를 만끽하는 일을 하나 해보세요.

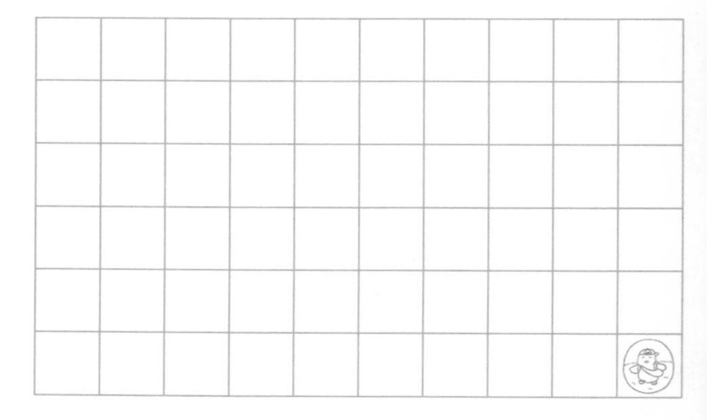

286

Date.

잠들기 전에 책꽂이에서 아무 책이나 골라
세 페이지를 읽기로 해요. 그중에서 가장 마음에 남는
구절을 아래에 적어보세요.

287

Date.

이번 달 중 나를 위한 날을 하나 정해보세요.
그날만은 나를 잘 먹이고, 입히고, 좋은 곳에 데려갈 계획을
미리 세워보기로.

288

Date.

어린이 시절, 어떤 과학 포스터를 그렸나요? 그때 상상한 미래와 지금은 얼마나 비슷하거나 다른지 생각해보세요.

289

Date.

주변에서 가장 너른 하늘을
볼 수 있는, 탁 트인 풍경을
찾아 길을 나서보세요.

290

Date.

오늘은 동네에서 흙을 밟을 수 있는 곳을 찾아 걸어보면
어떨까요. 발밑으로 흙의 감촉을 느껴보는 거예요.

291

Date.

하루를 보내며 맡는 냄새들을 기록해보세요.
후각에 집중하면 평소 지나치던 것들을 느낄 수 있어요.

292

Date.

현관문을 나서기 전, 오늘의 태도를 하나 정해보기.
그것만 지키며 하루를 살아봐요.

293

Date.

아침 하늘, 점심 하늘, 저녁 하늘을 찍어보세요.
찍기로 마음먹고 나서야 하늘을 골똘히 바라보게 된답니다.

294

Date.

오늘 집을 나서면 어떤 순간들을 만나고,
그중 어떤 순간을 기억하고 싶어질까요?
딱 한 순간을 줍는다는 마음으로 하루를 보내보세요.

295

Date.

동네에서 가장 오래되어 보이는 간판을 찾아보세요.
이곳엔 얼마나 오랜 세월이 쌓였을까요?

296

Date.

오늘이 생일이라면 무얼 하고 싶나요? 마치 생일인 것처럼
하루를 보내보세요. (생일이라면 축하드립니다.)

297

Date.

오늘의 숙제 : 나를 챙겨줄 음식 하나 먹기.
어떤 음식을 먹었는지 기록해보세요.

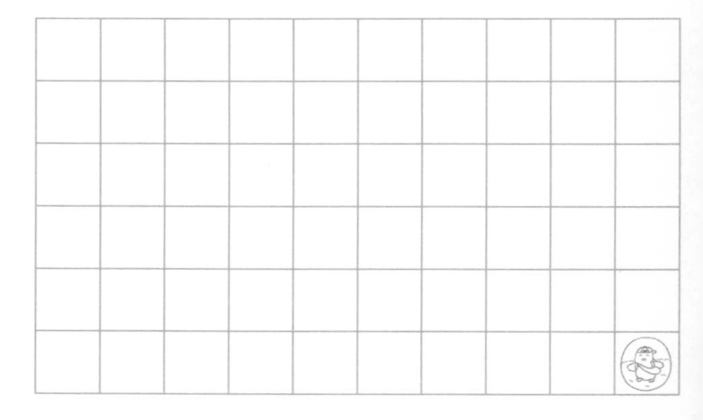

298

Date.

나의 어떤 점을 칭찬해주고 싶나요?
이곳에 셀프 칭찬과 응원을 적어보세요.

299

Date.

내가 들었던 좋은 말, 그때의 나를 일으켜준 말,
내내 마음속에 따뜻한 불빛이 되어주는 말이 있나요?

300

Date.

나는 어떤 순간 아이처럼 크게 웃었나요?
그 순간을 찾아 반복해주세요.

Congratulations!

드디어 300개의 할일 완료!
일상력 만렙이 되었어요.

책의 첫 페이지로 돌아가
지은이 칸에 자신의 이름을 적어주세요.

이제 이 책은
세상에서 단 한 권뿐인 책입니다.

어떤 하루들이 있었을까?

1일부터 여기까지 오는 동안
우리의 하루는 조금 더 특별해졌어요.
300일 동안 완료한 할일을
여기 모아봤어요.

001 오늘 하루는 친구에게 전송하고픈 순간을 찍는다는 생각으로 보내보세요. 누군가에게 선물할 만한 장면을 찾아보는 하루지요.

002 겨울, 눈이 와서 좋았던 날의 이야기를 적어보세요.

003 기분이 상할 땐 좋아하는 동물을 떠올리면 도움이 된대요. 오늘은 그 동물을 하나 정하는 날.

004 가족 혹은 친구에게 어릴 적 꿈이 무엇이었는지 물어볼까요? 잊어버린 꿈에 대해 잔잔하게 대화하는 시간을 가져보세요.

005 구름이 어떤 모양을 하고 있는지 오늘은 종종 하늘을 올려다보며 사진을 찍어보세요.

006 '오늘치의 행복'을 무엇이든 발견해보세요.

007 오늘은 일곱 번째 할일을 하는 날이니까, 럭키 데이로 지정합니다! 무엇이든 오늘의 내가 원하는 걸 하나 사주기로 해요.

008 쉼보르스카의 「두 번은 없다」라는 시를 찾아 읽어보세요. 나만의 '인생 시' 한 편을 간직하는 것도 좋은 일이겠죠.

009 먹는 순간 좋아하는 계절을 떠올리게 하는 음식이 있다면? 오늘은 그것을 먹으며 맛으로 떠나는 계절 여행을 해보기로.

010 창밖으로 좋아하는 풍경이 펼쳐지는 동네 카페가 있나요? 그곳에서 창밖을 관찰하며 한가로운 시간을 보내보세요.

011 한 그루 나무에서 나뭇잎 하나를 자세히 들여다보세요. 어떤 계절은 그 이파리에서부터 시작됩니다.

012 살면서 내가 사랑했던 공간들을 적어보세요. 지금은 사라졌거나 다시 찾아가지 못하는 곳이라고 해도, 그곳에서만 쌓은 추억이 있을 거예요.

013 오늘 소비한 내역을 한번 적어볼까요. 나는 오늘 어떤 순간, 어떤 느낌을 돈으로 샀을까요?

014 오늘은 '굳이 하지 않아도 되지만 하면 더 좋은' 선의를 실천해주세요. 버스 기사님께 인사를 건넨다거나 뒷사람을 위해 출입문을 잡아준다거나.

015 세상은 아직 살아볼 만하다고 여기게 해주는 좋은 뉴스를 하나만 찾아보세요.

016 평범한 하루의 '특별한 계획'을 하나 세워보세요. 평소에 안 해본 것일수록 좋습니다.

017 먹은 후 바로바로 설거지하는 하루 보내기. 내가 들이고 싶은 습관엔 또 어떤 것이 있나요?

018 오늘 내 마음을 스친 감정들을 적어보세요. 자기 마음을 알아채는 일은 중요하니까요.

019 서점에 가서 '지금 가장 읽고 싶은 제목의 책'을 한 권 사보세요. 그 제목이 가리키는 것이 요즘 나의 마음일지도요.

020 여름에 다녀오고 싶은 바다 한 곳을 정해 계획을 세워보세요. 여행은 내가 나를 위해 시간을 내는 일입니다.

021 기후 변화로 펭귄의 서식지가 사라지고 있대요. 가까운 거리는 걸어서 다니는 하루를 보내면 어떨까요?

022 오늘은 열 줄 일기를 쓰는 작가가 되어보기로. 오늘 하루를 열 줄 이내로 표현해보세요.

023 지금 나의 프로필 사진에는 어떤 사연이 담겨 있나요? 오늘은 기분에 따라 새로운 프로필 사진으로 바꿔보세요.

024 산책은 낮에도 좋지만 밤에도 좋답니다. 밤의 산책을 나서보세요.

025 어렸을 때 좋아했던 과자나 아이스크림이 있나요? 오늘은 그것을 다시 찾아서 먹어보는 거예요.

026 내 이름엔 어떤 의미가 담겨 있나요? 이름답게 사는 하루를 보내봅시다.

027 최근 가장 잘한 소비는? 내 삶의 질을

높여준 소비에 대해 적어보세요.

028 세상에서 고래가 점점 사라져가고 있대요. 고래 이름을 검색해서 다섯 개만 기억해보기로 해요.

029 내가 가장 좋아하는 꽃 향기는 무엇인가요?

030 이 계절이면 생각나는 사람이 있나요? 오늘은 그 사람에게 메시지를 보내보세요.

031 방 안에 여행의 추억이 담긴 물건이 있나요? 그 물건에 담긴 이야기를 적어보세요.

032 내가 오늘 얻은 것이 있다면 무엇인가요? 반대로 잃은 것은?

033 동네 산책의 날. 집집마다 내놓은 화분들이 얼마나 비슷하고 또 다른지 사진을 찍어보세요.

034 지금 주변에 있는 물건 중 가장 아끼는 것에 담긴 사연을 적어보세요.

035 1년 중 제일 좋아하는 휴일을 떠올리고, 그 휴일을 보내는 '나만의 완벽한 풍경'을 적어보세요.

036 오늘은 만나는 누구에게든 친절왕의 마음으로 대하는 것이 목표!

037 오늘은 천천히 밥 먹기를 실천해보세요. 식사하는 공간과 맛을 두루 느끼다 보면 평소 얼마나 급히 식사를 했는지 알 수 있답니다.

038 저녁 때 어디에 있든 해가 질 무렵 노을 사진을 찍어보기로.

039 집에서 멀지 않은 곳에 있는 산이나 강이나 호수를 검색해보세요. 가까운 휴일에 그곳에 다녀올 계획 세우기.

040 최근에 받은 선물 중 가장 마음에 들었던 것은? 누가 준 어떤 선물이었나요?

041 요즘 내게 '이 낙에 산다' 하는 것은 무엇이 있을까요? 오늘은 그 '낙'을 충분히 누려보세요.

042 힘들 때 가장 위로가 되는 말은? 오늘은 그 말을 스스로에게 해주세요.

043 '나와의 채팅'에 남아 있는 가장 최근 메시지는?

044 살면서 들었던 칭찬들을 기억나는 대로 모두 써보세요. 힘이 날 거예요.

045 오늘은 공간에 작은 변화를 더해보세요. 커튼을 바꿔 달거나 물건 위치를 옮기거나 꽃병을 들이는 것도 좋아요.

046 인생을 잘 살기는 어려워도 하루를 잘 사는 건 그보다 쉽습니다. 어떻게 하면 '나에게 좋은 하루'를 보낼 수 있을까요?

047 좋아하는 물건이나 순간을 모으는 친구를 떠올려보세요. 나는 무엇을 모으는 또는 모으고 싶은 사람인가요?

048 나에게 힘을 주는 노래 가사가 있다면? 그 구절을 적어 마음에 품고 하루를 보내볼까요.

049 때로는 SNS로 인생을 배우는 법. 오늘은 SNS를 산책하며 좋은 문장들을 주워보세요.

050 늘 벼르기만 하고 못 해본 일엔 무엇이 있나요? 세상에서 가장 쉬운 버킷 리스트라 생각하며 그중 하나를 실천해보세요.

051 오늘 하루 거리나 카페에서 우연히 듣게 되는 노래들을 알아채고 적어보세요. 지금 보내는 한 시절의 인상이 됩니다.

052 '오늘의 풍경'을 딱 한 컷으로 선정한다면?

053 내가 사는 곳 주변에서 가장 오래된 건축물은? 궁이나 성곽길처럼 오랜 세월이 쌓인 곳을 찾아가 걸어보세요.

054 이번 달 나를 위해 한 일 중 가장 잘한 것은? 나는 내가 챙긴다! 하는 마음으로 매달 계획을 세우기로 해요.

055 세상엔 근사한 그림책들이 많답니다. 서점에 가서 훌쩍 커버린 나에게 그림책을 보여주세요. 선물해주면 더 좋고요.

056 누군가의 '따라 하고 싶은 습관' 하나를 주워보세요. 내 일상을 더 나아지게 할 수 있는 습관이면 좋겠죠.

057 궁금해서 한 번쯤 들어가보고 싶었던 동네의 가게가 있다면, 오늘 가보기로 해요.

058 친구와 1박 2일로 다녀오고 싶은 여행지를 정하고 이야기를 나눠보세요.

059 부모님에 대해 얼마나 알고 있나요? 가장 친한 친구는? 즐겨 부르는 노래는? 가보고 싶은 국내 여행지는? 새롭게 배우고 싶은 것은? 부모님을 인터뷰해보세요.

060 오늘은 이어폰을 빼고 주변의 소리에 귀기울여보세요. 음악에 가려 듣지 못했던 것들이 흘러들어올 거예요.

061 나는 가까운 사람 중 누구와 어떤 시간을 보낼 때 가장 행복한가요? 생각만으로 마음이 편안해지는 순간을 적어보세요.

062 나는 하루 중 몇 시 즈음의 시간을 제일 좋아하는 사람인가요? 하루를 살며 관찰해보세요.

063 내가 제일 좋아하는 겨울 풍경을 떠올려보세요. 떠올린 그 풍경 속에 나를 가만히 옮겨두기로.

064 이 계절에 어울리는 영화를 한 편 찾아 감상해보세요.

065 가보고 싶은 해외 여행지가 있나요? 오늘은 그곳의 풍경을 많이 검색해 마음에 담아보세요.

066 밖에서 마주친 꽃이나 식물을 자세히 관찰해보세요. 어떤 모양, 어떤 색깔을 하고 있나요?

067 농담 수집을 해본 적 있나요? 하루를 보내며 나를 웃게 한 농담이 무엇인지 기록해보세요.

068 하루를 보내고 돌아와 여기에 오늘 하루의 '제목'을 붙여봅니다.

069 동네에서 가장 좋아하는 산책 코스를 만들어보세요. 친구가 놀러 오면 함께 걷고 싶은 베스트 코스를요.

070 오늘은 아끼는 옷을 입고 외출해보세요.

071 매일 무언가를 하기만 했으니까 오늘은 뭘 '하지 않는 날'로 정해볼까요? 시작!

072 평소 의식하지 못하지만 우리는 다양한 소리에 둘러싸여 살아갑니다. 지금 창밖에서 들리는 소리를 적어보세요.

073 오늘 한 끼는 채식을 실천해보기로 해요. 무엇을 먹었는지, 어떤 맛이었는지 적어보세요.

074 고양이로 태어난 것을 축하해주는 '한국 고양이의 날(9월 9일)'이 있답니다. 오늘 마주치는 모든 고양이들에게 생일처럼 축하 인사를 건네주세요.

075 최근 가장 좋았던 여행지는? 그곳에서 어떤 추억을 쌓았는지 적어보세요. 그만큼 좋았던 장소라면 또 한번 가보는 것도 좋겠죠.

076 근처 공원이나 숲으로 산책을 나가 보세요. 평소 눈여겨보지 않았던 발밑을 보고 걸으며 새삼스레 발견한 것들을 이곳에 적어주세요.

077 한번쯤 가보고 싶었던 작은 책방이 있다면 오늘 방문해보는 건 어떨까요?

078 오늘은 책상을 깨끗하게 정돈해보기로. 기꺼이 '앉고 싶어지는' 책상을 만들어보는 거예요.

079 어릴 때는 원하는 만큼 갖지 못했지만 지금은 살 수 있는 것이 무엇인지 적어보세요. 그것만으로 우리는 괜찮은 어른이 된 건지도 몰라요.

080 "________한 달"이라고 이번 달에 이름을 붙여볼까요?

081 동네에서 대문 앞에 화분을 제일 많이 내놓은 집은 어디인가요? 그 집의 풍경을 찍어보세요.

082 이 계절의 아침은 어떤 모습을 하고

있는지, 그동안 바쁜 아침을 보내느라 보지 못했던 풍경을 발견해보세요.

083 '올해의 구름'으로 지정할 만한 근사한 구름을 찾아서 찍어보세요. (꼭 오늘이 아니어도 좋아요.)

084 누군가는 고맙다는 한마디에 기운을 얻기도 합니다. 오늘은 "고마워요"라는 말을 많이 하는 하루를 보내세요.

085 내일의 나를 즐겁게 해줄 계획을 하나 세워보면 어떨까요.

086 내가 가장 간단하게 그릴 수 있는 그림은? 나뭇잎이나 구름, 달 등 선으로만 쉽게 그릴 수 있는 그림을 한번 그려보세요.

087 이걸 집에 두면 조금 더 행복해질 것 같아, 생각만 하던 물건이 있다면 오늘 주문해보는 건 어떨까요?

088 언젠가 꼭 갖고 싶은 창밖 풍경이 있다면?

089 밥 먹을 땐 밥을 맛있게 먹고, 걸을 땐 주변을 유심히 보고, 일할 땐 일에만 몰두하며, 눈앞의 '지금'을 잘 살아내는 하루 보내기.

090 조금씩 비우는 연습. 쓰지 않는 물건을 하나 내놓기로 해요.

091 오늘은 나를 위한 운동을 하기로 해요. 간단한 스트레칭도 좋아요.

092 부정적인 생각이 들 때, 기분을 단번에 나아지게 할 수 있는 세 가지는? 그중 한 가지를 오늘 해보기로 해요.

093 버스에서, 거리에서 낯선 사람들의 대화를 엿듣고 인상 깊은 점을 발견해보세요. 세상엔 다양한 이야기가 흐르고 있답니다.

094 오늘은 사물들에게서 '표정'을 발견해 사진을 찍어보세요. 힌트 : 수도꼭지, 콘센트, 건물 외벽의 창문

095 올해 내 마음을 가장 사로잡았던 것은? 사람이든 장소든 책이든 속절없이 푹 빠져든 것을 적어보세요.

096 흰 수국을 보면 주먹밥이 생각나는 사람, 손! 주변에 있는 꽃이나 식물을 보고, 연상되는 것을 떠올려보세요.

097 요즘 가장 맛있게 먹었던 것은? 먹는 행복을 느끼게 해준 음식들을 적어보세요.

098 어린 시절 이후로 그림일기를 그려본 지 얼마나 되었나요? 오늘 하루를 한 컷의 간단한 그림일기로 그려보세요.

099 할일 한 개만 더 하면 100개가 완성됩니다. 오늘은 언제 들어도 내게 응원이 되는 말이 있다면 적어보세요.

100 내일은 아침 산책을 10분이라도 해보기로 해요. 몇 시쯤 일어나 어디를 걸을지 정해두고 잠자리에 들기로.

101 몇 번씩 봐도 좋은 영화를 다시 한번 보는 하루.

102 스트레스 받는 일 앞에서 '그럴 수도 있지' 생각하는 하루를 보내보세요.

103 오늘은 먹고 싶은 것만 먹는 하루. 누군가 "뭐 먹을래?" 물어오면 망설이는 대신, 정확히 먹고 싶은 '그것'을 이야기하기로.

104 학창 시절 기억에 남는 선생님이 있나요? 그 선생님의 어떤 말과 행동이 지금의 나에게 영향을 미쳤는지 적어보세요.

105 오늘은 내가 나에게 꽃 한 송이를 선물해볼까요.

106 하루 중 나를 위해 보내는 시간은 꼭 필요합니다. 평화롭게 차 한 잔하는 여유를 누려보세요.

107 오늘은 기운을 셀프 충전하는 날. 나의 장점 다섯 가지를 적어봅시다.

108 가족이나 친구에게 고맙다는 문자를 보내보세요. 단순한 진심은 자주 전해질수록 좋아요.

109 오늘은 물을 아껴 쓰는 하루를 보내고, 무엇을 실천했는지 적어볼까요. ex. 양치컵 쓰기

110 기차를 타고 여행해본 지 얼마나 되었

나요? 기차로 금세 닿을 수 있는 국내 여행지들을 검색해보세요.

111 오늘은 일상의 한 장면을 휴대폰 영상으로 짧게 찍어보세요.

112 내일 상쾌한 집에서 눈뜰 수 있도록 오늘 저녁엔 집을 정돈하고 잠자리에 들기로.

113 올해 첫눈이 오는 날 무얼 하고 싶나요? 당황하지(?) 않도록 미리 계획을 세워보세요.

114 나에게 '조용한 행복'이 스며드는 순간은?

115 최근에 구매한 물건을 하나 떠올려보고, 그 물건이 내 일상에 어떻게 자리잡았는지 살펴보세요.

116 이번 주말엔 산이 보이는 조금 먼 곳까지 나가보세요. 계절마다 다른 옷을 입는 산이 얼마나 아름다운지 몰라요.

117 과일은 왠지 누군가와 같이 먹을 때가 더 맛있어요. 친구에게 과일 한 봉지를 선물하거나 함께 과일주스라도 먹는 하루를 보내기로.

118 꾸준히 써보고 싶은 ○○일기를 정해보세요. ex. 노을일기, 맥주일기

119 지금껏 어른스럽게 잘해온 나에게 작은 선물을 하나 사주세요.

120 하루 5분씩만 매일 어딘가를 청소하면 집이 늘 깨끗하게 유지된다고 해요. 오늘의 5분은 어디를 청소하는 데 써볼까요?

121 점심 무렵에 바닥을 보고 걸으며 동글동글한 그림자를 찾아 사진을 찍어보세요.

122 겨울의 어떤 순간들을 좋아하나요? 여기에 적어두고, 올겨울엔 그 순간들을 꼭 한 번씩 통과하기로 해요.

123 바다에 가면 하고 싶은 일 하나를 계획해보세요.

124 나 자신에게 다정한 말만 해주는 하루를 보내기. 탓하려는 말이 나올 때마다 그 말을 대신할 단어를 골라보세요.

125 가뿐한 몸으로 시작하는 하루는 조금 더 기운차기 마련이에요. 스트레칭으로 하루를 시작해볼까요.

126 집 근처 강이나 개천이 있다면 저녁 무렵 산책을 나가보세요. 물가에서만 느낄 수 있는 정취에 대해 적어봅니다.

127 인생이 사계절이라면 '내 인생의 여름'이라 부를 만한 시기는 언제일까요? 그 시간에 대해 적어보세요.

128 아침마다 피곤하게 눈을 뜬다면 아침의 나를 상쾌하게 깨워줄 루틴 하나를 찾아보세요.

129 최근 처음 해본 일이 있다면? 올해의 작은 도전으로 꼽을 만한 일을 적어보세요.

130 여행지의 숙소를 고를 때 내가 중요하게 생각하는 것들을 적어보세요. 나를 행복하게 해주는 요소들을 정확히 알고 있는 것은 중요하니까요.

131 우리 집 창가에 서면 어떤 풍경이 보이나요? 지금 사는 곳에서 가장 자주 보는 풍경을 기록해두세요.

132 '가장 좋은 상태일 때의 나'를 기억해두세요. 그 상태를 알고 있는 것만으로도 돌아갈 지점이 또렷하게 생기니까요.

133 '인생 드라마'가 있나요? 그 드라마를 보고 달라진 생각이 있다면 적어보세요.

134 아침에 일어나 지금 눈 뜨면 도착해 있고 싶은 여행지를 떠올려보세요. 그곳이 어디였는지 적어주세요.

135 요즘 가장 자주 만나는 사람에게 쪽지나 엽서를 써서 건네보세요.

136 내가 좋아하는 색깔은? 그 색깔로 이뤄진 것들은?

137 유년의 여름을 생각하면 어떤 풍경이 떠오르나요? 그 풍경을 묘사해보세요.

138 스스로에게 좋은 말 세 가지를 해주고 하루를 시작해보세요.

139 오늘은 가사에 꽃이 등장하는 노래를

들어보세요. 그 노래를 들으며 함께 걸을 사람을 상상해봐도 좋습니다.

140 최근의 나에게 좋은 영향을 미친 인물은? 그 사람 덕분에 어떤 생각을 하게 되었나요?

141 내가 다니는 길 곳곳에 있는 (그동안 모르고 지나쳤던) 점자 안내를 발견해보세요.

142 이 계절에만 찾을 수 있는 기쁨을 적어보세요. 예를 들어 여름에는 늦게 지는 해, 슬리퍼를 끌며 걷는 산책, 저녁의 시원한 바람 같은 것들이 좋더라고요.

143 동네에서 한 번도 걸어본 적 없는 골목길을 걸어보세요. 그곳을 걷는 동안 발견한 것들을 이곳에 적어주세요.

144 오늘은 이불 빨래를 하며 마음까지 탁탁 털어 말려보기로. (베갯잇 정도도 좋아요.)

145 오늘 내가 만난 작은 행운 세 개를 나열해보세요. 딱 맞춰 도착한 버스, 맛있는 라떼, 손등을 핥아준 모르는 개 등등.

146 오늘 점심 메뉴, 점심을 먹으며 나눈 대화, 점심 때 본 풍경을 적어보세요.

147 아침의 날씨를, 점심 메뉴를, 퇴근길 풍경을 찍어보세요. 기록하는 즐거움은 소소한 일상에 숨어 있답니다.

148 지금껏 보낸 여름 중 가장 근사했던 여름의 추억을 떠올려 글로 기록해보세요. 제목은 '내가 사랑한 여름'.

149 집 주변에서 '좋아하는 나무'를 하나 정해보세요. 그 나무를 매일 바라보는 건 계절을 바라보는 일과 같거든요.

150 내 성격에서 조금 달라졌으면 하는 부분이 있나요? '조금 달라진' 그 모습을 장착한 채로 하루를 보내봅시다.

151 친구에게 내가 좋아하는 장소 한 곳을 소개해보세요.

152 옷장을 열어보세요. 3년째 안 입은 옷이 있다면 과감하게 내놓는 결단을!

153 최근에 꾼 꿈에 대해서 적어보세요. 어떤 꿈을 꾸었나요?

154 집 근처에서 가장 좋아하는 테라스 자리를 찾아보세요. 그곳에 앉아 무엇을 하면 제일 행복할까요?

155 나의 인생 영화는? 그 영화의 어떤 점이 좋았나요?

156 요즘 즐겨 듣는 노래는? 그 노래를 함께 듣고 싶은 사람은?

157 지난 계절에는 있었는데, 지금은 사라진 장소가 있나요? 바뀐 풍경을 의식하며, 눈앞의 한 번뿐인 '순간'을 충분히 누리는 하루를 보내기로 해요.

158 이 계절의 가장 근사한 하늘을 기록해두겠다는 생각으로 하늘을 올려다보세요. 일주일만 찍어보아도 최고의 하늘을 찾을 수 있을 겁니다.

159 내가 좋아하는 단어 세 가지를 떠올려보세요. 그 단어들을 아래 적어보세요.

160 오늘은 나를 위해 하고 싶은 일 하나를 계획해 실천하는 하루를 보내보세요.

161 제주 서쪽 '노을해안로'에 가면 바다 위로 솟아오르는 돌고래를 볼 수 있다는 사실, 아시나요? 올해가 가기 전, 제주에 다녀오는 계획을 세워볼까요.

162 내일 무엇을 입을지 미리 골라보는 하루. 어떤 옷을 입으면 기분이 좋을까요?

163 비닐봉투를 쓰지 않는 하루를 보내보세요.

164 산책길에 자주 마주치는 (반가운) 개가 있다면 오늘은 용기를 내어 이름을 물어보세요.

165 지금 사는 동네, 자취방, 매일 오가는 골목길… 시간이 흐른 뒤 그리워질 것 같은 공간이 있다면 '지금'의 모습을 사진으로 남겨보세요.

166 산책하다 걸음을 멈추게 하는 풍경

이 있나요? 오늘은 그 풍경에 대해 적어보세요.

167 우리 동네에는 어떤 꽃집들이 있나요? 오늘은 그중 한 곳에서 화분을 구경해보기로 해요.

168 한 번쯤 가보고 싶다 생각했던 숙소가 있나요? 언제 누구와 갈지 계획을 세워보세요.

169 3×3 빙고를 만들어봅시다. 앞으로 하고 싶은 일, 이루고 싶은 목표 등으로 아홉 칸을 채워보세요.

170 #167에서 봐두었던 동네 꽃집에 가서 오늘은 작은 화분을 하나 사기로 해요.

171 침대에 드는 햇살, 커피콩 가는 냄새… 내게 '완벽한 아침' 하면 떠오르는 풍경을 적어보고, 그런 아침을 만들어보세요.

172 '세계 이모지의 날'이 있다는 걸 알고 계시나요? 친구에게 이모지로만 이루어진 문장으로 마음을 전해보세요.

173 집 밖으로 나가 처음으로 만나는 사람에게 무엇이든 칭찬을 하나 건네보세요. ex. 옷 잘 어울려요.

174 하루를 돌아볼 때 '오늘의 인상'으로 남겨두고 싶은 풍경이 있다면?

175 집에서 내가 좋아하는 물건을 골라 그려보세요. 그리다 보면 자세히 관찰하게 된답니다.

176 가까이 있지만 모르는 공원, 궁금했던 가게 등 낯선 곳을 향해 '작은 여행'을 떠나보면 어떨까요.

177 땅을 일구고 작물을 길러내는 농부의 손길을 생각하며 오늘은 밥을 남기지 않는 하루를 보내기로.

178 오늘 하루 중 '나를 미소 짓게 한 순간'을 기억해두었다가 여기에 적어보세요.

179 언제 떠올려도 내 마음을 따뜻하게 덥히는 장면이 있다면 적어보세요.

180 여행지에 온 듯한 기분을 주는 장소를 주변에서 찾아볼까요? 아, 여기 있으니까 ○○에 온 것 같다, 말하게 되는 그런 곳요.

181 '오늘의 장면'을 모은다는 생각으로 동네 산책을 나가봅시다.

182 내가 좋아하는 동물의 근황(!)을 검색해보세요. 그 동물들을 위해 내가 할 수 있는 일은 무엇이 있을까요?

183 종일 집에 머무는 날에는 평소에 보지 못했던 집의 표정을 볼 수 있어요. 우리 집에서 빛이 가장 잘 드는 장소는 어디인지 찾아보세요.

184 다른 모양의 나뭇잎 세 장을 주워보세요. 계절을 집 안에 들여와 며칠 동안 바라보는 거예요.

185 헤어지고 집으로 돌아오는 길, 허전했던 마음을 차오르게 하는 사람이 있나요? 그 사람과 주말 약속을 잡아보세요.

186 닮고 싶은 사람이 있나요? 그 사람의 어떤 점을 보고 그런 생각을 했는지 적어보세요.

187 오늘 저녁 집으로 돌아오는 길엔 나를 위한 선물을 하나 해보기로.

188 이 계절의 소리를 채집해보세요. 바람 소리, 빗소리, 개울물 소리, 거리의 음악 소리 무엇이든 좋습니다.

189 가족에게 가보고 싶은 장소 세 곳을 물어보세요. 그중 한 곳을 올해가 가기 전에 함께 가보는 계획을 세우는 것도 좋겠죠.

190 휴대폰 앨범에서 오래 간직하고 싶은 사진들을 골라 인화 서비스를 맡겨보세요. 종이 위에 남는 추억은 또 다르니까요.

191 나의 '인생 책'은? 그 책의 어떤 점이 좋았는지 한 줄 감상을 적어보세요.

192 꽃을 찾는 꿀벌처럼 나도 모르게 끌리는 사물이 있다면? 오늘은 그 이유가 무얼지 한번 적어볼까요.

193 텀블러와 작게 접히는 장바구니를 들고 다녀볼까요. 환경을 위해 내가 할 수 있

는 일을 실천해보는 거예요.

194 오늘 하루 (그래도) 좋았던 일 한 가지 찾아보기.

195 점심에는 따뜻한 국물이 있는 식사로 기운을 냅시다. 점심을 먹으며 생각한 것을 이곳에 적어주세요.

196 나를 동심으로 돌아가게 해주는 행동이 있다면? 오늘은 그 일을 한번 실천해보는 거예요.

197 '오늘은 이렇게 살고 싶다'는 마음을 대표하는 문장을 하나 정해볼까요.

198 이 계절에 피는 꽃을 검색해보세요. 보고도 지나치던 주변 꽃들의 이름을 알게 될 거예요.

199 한 장소의 봄, 여름, 가을, 겨울을 기록해보세요. 오늘부터 시작해보는 거예요. 나중에 사계절의 사진을 모아 바라보는 기쁨이 있답니다.

200 오늘은 비타민 충전의 날. 나를 싱그럽게 채워줄 것들을 찾아 먹어보기로 해요.

201 '사용한 물건 제자리에 돌려놓기'만 잘 실천해도 집이 어지럽혀질 일은 없답니다. 물건들에게 제자리를 찾아주는 하루를 보내세요.

202 나는 가을의 어떤 순간들을 좋아하나요? 여기에 적어두고, 올가을엔 그 순간들을 꼭 한 번씩 통과하기로 해요.

203 동물로 태어난다면 무엇으로 태어나고 싶나요? 오늘은 그 동물에 대해 공부해봅시다.

204 요즘 새롭게 관심을 갖게 된 분야가 있다면 적어보세요.

205 지난해 내가 한 일 중 가장 잘한 일은? 올해는 무엇을 하면 그런 기분이 들까요?

206 '지금'이 지금뿐이라는 걸 자주 잊고 삽니다. 오늘은 매순간에 촘촘히 집중하는 하루를 보내보세요.

207 바깥에 나가 처음으로 만나는 존재에게 먼저 반갑게 인사를 건네보세요.

208 바람에 흔들리는 나무를 보면 동영상을 찍어보세요. 잎들이 부딪치며 내는 이 계절만의 소리가 담길 거예요.

209 길맥, 편맥, 혼맥, 어떤 식으로든 맥주로 기분 내는 저녁을 보내보세요.

210 한번쯤 꼭 올라가보고 싶었던 산이 있다면? 오늘은 그곳에 갈 구체적인 계획을 세워볼까요.

211 주위에 있는 길냥이들을 숨은그림찾기 하듯 발견해보세요. 보려고 하면 더 많이 보일 거예요.

212 『3시의 나』라는 책을 아시나요? 오늘 3시에 나는 어디서 무얼 하고 있었는지 기억해두었다 여기에 적어주세요.

213 집에 돌아오는 길, 한 정거장 전에 내려 걷거나 전혀 가본 적 없는 길로 걸어보세요. 때로 낯선 길에서 만나는 우연이 있으니까요.

214 나를 위해 소풍 도시락을 싼다면, 어떤 음식을 준비하고 싶나요? 내가 생각하는 근사한 도시락을 한번 떠올려보세요.

215 오늘은 바다 생물을 위해 플라스틱 사용을 줄이는 하루를 보내보세요.

216 내가 가진 사소한 특기를 세 개만 적어보세요. 음료수 뚜껑을 잘 연다거나 알람 없이 잘 일어난다거나 뭐든 좋아요.

217 오늘은 집의 공간 중 하나를 골라 말끔히 청소해봅시다. 공간을 정리하면 마음도 함께 정리되니까요.

218 마음은 전하라고 있는 거니까, 오늘은 가족에게 고맙다는 말을 전해보세요.

219 #149에서 '좋아하는 나무'로 정했던 나무가 오늘은 어떤 모습을 하고 있는지 관찰해보세요.

220 시간이 있다면 새로 배워보고 싶은 것이 있나요? 오늘은 그것을 배우기 위한 기초 정보를 찾아보세요.

221 늘 근사하다고 생각했던 동물이 있나요? 오늘은 그 동물의 생태에 대해 찾아보면 어떨까요.

222 어렸을 때 좋아했던 사탕이 있나요? 오늘은 그 사탕을 찾아 동심을 회복해보는 날입니다.

223 '오늘의 문장'을 찾는다는 생각으로 하루를 보내볼까요. 듣거나 읽은 것 중 주워두고 싶은 문장을 여기에 적어두세요.

224 베갯잇을 깨끗이 빨고 좋아하는 향기를 입혀보세요. 베개가 깨끗해지면 꿈도 단정해집니다.

225 지구가 생긴 이래로 똑같은 날씨는 하루도 없었답니다. 오늘은 창밖으로 어떤 날씨가 흐르고 있나요?

226 오늘은 냉면의 날(로 방금 정했습니다). 물냉면, 비빔냉면, 평양냉면, 내 취향인 냉면을 먹는 날이에요.

227 숲에서 다양한 열매를 주워보세요. 도토리부터 이름을 알 수 없는 열매들까지. 계절이 우리에게 남기고 가는 것들을 알 수 있답니다.

228 오늘을 '경청의 날'로 정해봅시다. 누구를 만나든 상대방의 이야기에 집중하는 하루를 보내보세요.

229 집 근처 중고 서점에 가서 마음에 드는 책을 하나 사기로 해요.

230 근처에서 지금 꽃이 핀 장소 중 하나를 골라 앞으로 변화를 관찰해보기로 해요.

231 오늘 아침에는 책장에 꽂힌 책 중 한 권을 꺼내 아무 페이지나 펼쳐보세요. 거기서 눈에 띈 문장 하나를 오늘의 태도로 삼기로.

232 작은 기쁨을 챙기기 위해 생긴 습관이 있다면 적어보세요. 버스를 타면 창가에만 앉는다거나, 책을 읽다 좋은 페이지의 귀퉁이를 접어둔다거나.

233 "날씨 정말 좋다" 연거푸 말하게 되는 계절이 있지요. 바람이 좋아 목적지 없이 나서는 밤 산책을 해봅시다.

234 어린 시절 우리 집은 어떤 모습이었나요? 오늘은 그 풍경을 곰곰이 떠올려 묘사해보세요.

235 오늘은 지친 '나'를 돌보는 날. 좋아하는 과일을 먹이고, 노래를 들려주고, 일찍 재우세요. 충전될 수 있도록.

236 산책을 나가서 '산책의 기념품'을 주워보세요. 돌멩이, 꽃잎, 솔방울 무엇이든 좋습니다.

237 동네에서 누군가의 이름이 적힌 간판을 찾아보세요. 그곳은 어디인가요?

238 한 번도 해보지 않은 운동 중에 시도해보고 싶은 것은?

239 친구에게 내가 자주 쓰는 말버릇이 무엇인지 물어보세요.

240 내가 꼽은 '인생 가게'는? (카페, 맛집, 서점 등) 요즘 특별히 아끼게 된 장소가 있다면 이곳에 적어보세요.

241 학교나 회사를 오가는 길의 풍경을 찍어보세요. 매일 보며 무심히 지나치지만 실은 매일 조금씩 달라지고 있는 풍경을요.

242 언제든, 누구에게든 선물해도 좋은 책을 하나 정해두기로 해요.

243 '이럴 때 기분이 정말 좋다' 하는 순간이 있나요? 오늘은 그중 하나를 실천해보기로.

244 집중해서 요리하다 보면 잡념이 사라집니다. 오늘은 천천히 요리하는 시간을 가져볼게요.

245 아침을 기분 좋게 시작할 수 있는 '좋아하는 일' 한 가지를 찾아보세요. 어떤 하루가 될지 모르니까 아침에라도 좋아하는 일 하나는 해봐야죠.

246 친구에게 오래전 함께 찍은 사진을 전송해보세요. 잠시 추억 여행을 떠날 수 있답니다.

247 어떤 할머니 혹은 할아버지가 되고 싶

나요? 매일의 내가 쌓여 그 모습이 될 테니 상상한 대로 하루를 살아보기로 해요.

248 기린은 포유동물 중 수면시간이 가장 짧대요. 오늘은 평소보다 잠을 줄여 안 하던 일을 하나 해보면 어떨까요?

249 오늘은 아무것도 사지 않는 날. (어렵겠지만) 실천하는 하루를 보내봅시다.

250 귀여운 구름, 귀여운 간판, 귀여운 농담. 귀여움 레이더를 가동시켜서 '오늘치 귀여움' 하나를 찾아내봅시다.

251 이맘때 창밖 풍경이 근사한 숙소를 찾아보세요. 그곳으로 떠날 계획을 세우고 예약을 해둡시다. (행복은 예약하는 것!)

252 오늘은 밖에 나가 제철 과일을 사서 먹어보세요. 어떤 과일을 샀나요?

253 오늘은 유튜브 알고리즘의 추천에서 벗어나 생전 볼 일 없을 것 같은 영상을 한 편 찾아서 보세요.

254 비가 내리면 하고 싶은 일을 적어보세요. 비 내리는 날에만 어울리는 일들이 있으니까요.

255 조급해해봤자 달라지는 건 없으니, 오늘은 무엇이든 쉬엄쉬엄하는 하루를 보내기로 해요.

256 오늘은 겉모습에 작은 변화를 하나 줘볼까요? 앞머리를 조금 잘라보는 것도 좋아요.

257 지난 일주일 동안의 소비 내역을 살펴보며 영수증 일기를 써보세요.

258 내가 제일 좋아하는 간식을 떠올리고, 오늘은 그걸 먹는 계획을 세워보아요.

259 #230에서 관찰한 장소의 오늘 풍경을 사진으로 담아보세요.

260 요즘 내 마음에는 어떤 서운함이나 우울, 걱정이 있나요? 그 감정이 조금이라도 가실 수 있는 행동을 해보기로 해요.

261 오늘 내가 본 가장 좋은 것을 SNS에 올려야지! 하는 마음으로 하루를 보내보세요. 관찰과 발견, 공유의 기쁨을 두루 느낄 수 있답니다.

262 버려야 하는데 버리지 못하고 있는 물건이 있다면 오늘은 그 물건에 대해 생각해보세요.

263 한 줄짜리 일기를 써봅시다. 하루를 한 줄로 요약해보세요.

264 계절마다 꼭 챙겨먹는 음식이 있을까요? 오늘은 그 음식과 함께 제철을 즐겨보세요.

265 휴대폰 앨범을 뒤적여봅시다. 작년 오늘(어제 혹은 내일)에는 어떤 사진을 찍었나요?

266 어릴 적 무엇을 할 때 시간 가는 줄 모르고 즐겁게 놀았나요? 그 시절 그 마음을 떠올려보세요.

267 하루를 보내며 내가 어떤 감정들을 느끼고 흘려보내는지 감정에 대한 메모를 해보세요.

268 나무들이 어떤 빛깔을 띠고 있는지 골똘히 바라보세요. 오직 이 계절에만 볼 수 있는 나무의 표정이 있습니다.

269 오늘은 집 근처의 가장 가까운 산을 찾고, 등산 계획을 세워보세요.

270 '내가 가장 좋아하는 일요일 아침의 풍경'이 무엇인지 떠올려보고, 다가오는 일요일에 실행해보세요.

271 서랍 하나를 골라 정리해보세요. 가진 것을 정돈하고 어디에 뭐가 들어 있는지 파악하는 일은 즐거움을 줍니다.

272 손으로 직접 만들어보고픈 물건이 있다면? 오늘은 그에 대해 적어볼까요.

273 내가 좋아하는 소리는?

274 매달 좋은 일 하나씩은 일어나요. 이번 달에 가장 좋았던 일은 무엇인가요?

275 들을 때마다 좋았던 순간으로 돌아가게 해주는 노래가 있나요? 오늘은 그 노래를 들어보세요.

276 추억이 되도록 '만남 일기'를 써보는 것도 좋습니다. 어디에 가서 누구를 만나 어떤 대화를 나누었고 어떤 기분과 생각이 들었는지 적어보는 거예요.

277 가끔 새로운 일을 해보면 활력이 생깁니다. 오늘은 원데이클래스를 검색해보세요. 혼자 혹은 친구와 함께 다녀오고 싶은 수업을 하나 알아보기로.

278 장점을 발견하는 것도 장점. 오늘은 마주치는 주변 사람들에게서 장점을 하나씩만 찾아내보세요.

279 창문을 열어 신선한 공기로 집 안을 환기하며 하루를 시작합시다.

280 자주 쓰는 물건에 귀여움을 더해보세요. 의외로 기분 전환이 된답니다.

281 밤의 피로를 물리칠 수 있는 비법이 있나요? 나만의 '단 밤 3종 키트'를 찾아보세요.

282 새로 만들고 싶은 취미가 있다면? 그 취미에 대해 찾아보는 하루를 보내기로 해요.

283 주말에 하고 싶은 일 한 가지를 정해봅시다. 생각만으로 조금 신이 나는 일로 말이에요.

284 연락한 지 오래된 친구에게 안부를 물어보는 하루를 보내보세요. 어떤 친구에게 안부를 묻고 싶나요?

285 내가 가장 자유를 느끼는 순간은? 오늘은 자유를 만끽하는 일을 하나 해보세요.

286 잠들기 전에 책꽂이에서 아무 책이나 골라 세 페이지를 읽기로 해요. 그중에서 가장 마음에 남는 구절을 아래에 적어보세요.

287 이번 달 중 나를 위한 날을 하나 정해보세요. 그날만은 나를 잘 먹이고, 입히고, 좋은 곳에 데려갈 계획을 미리 세워보기로.

288 어린이 시절, 어떤 과학 포스터를 그렸나요? 그때 상상한 미래와 지금은 얼마나 비슷하거나 다른지 생각해보세요.

289 주변에서 가장 너른 하늘을 볼 수 있는, 탁 트인 풍경을 찾아 길을 나서보세요.

290 오늘은 동네에서 흙을 밟을 수 있는 곳을 찾아 걸어보면 어떨까요. 발밑으로 흙의 감촉을 느껴보는 거예요.

291 하루를 보내며 맡는 냄새들을 기록해보세요. 후각에 집중하면 평소 지나치던 것들을 느낄 수 있어요.

292 현관문을 나서기 전, 오늘의 태도를 하나 정해보기. 그것만 지키며 하루를 살아봐요.

293 아침 하늘, 점심 하늘, 저녁 하늘을 찍어보세요. 찍기로 마음먹고 나서야 하늘을 골똘히 바라보게 된답니다.

294 오늘 집을 나서면 어떤 순간들을 만나고, 그중 어떤 순간을 기억하고 싶어질까요? 딱 한 순간을 줍는다는 마음으로 하루를 보내보세요.

295 동네에서 가장 오래되어 보이는 간판을 찾아보세요. 이곳엔 얼마나 오랜 세월이 쌓였을까요?

296 오늘이 생일이라면 무얼 하고 싶나요? 마치 생일인 것처럼 하루를 보내보세요. (생일이라면 축하드립니다.)

297 오늘의 숙제 : 나를 챙겨줄 음식 하나 먹기. 어떤 음식을 먹었는지 기록해보세요.

298 나의 어떤 점을 칭찬해주고 싶나요? 이곳에 셀프 칭찬과 응원을 적어보세요.

299 내가 들었던 좋은 말, 그때의 나를 일으켜준 말, 내내 마음속에 따뜻한 불빛이 되어주는 말이 있나요?

300 나는 어떤 순간 아이처럼 크게 웃었나요? 그 순간을 찾아 반복해주세요.

Editor's letter

하루에 한 번쯤은 나를 생각해주기로 약속하는 책. **민**

이거 다 하면 우리 다시 1일인 거다? **희**

오로지 나를 위해 준비된 할일! 놓치지 마세요. **현**

쓰지 않고는 못 배길 마음이 이런 것이군요!! **령**

오늘부터
300일

1판 1쇄 발행일 2021년 3월 30일
1판 8쇄 발행일 2024년 7월 8일

지은이 김신지
그린이 서평화
발행인 김학원
발행처 (주)휴머니스트출판그룹
출판등록 제313-2007-000007호(2007년 1월 5일)
주소 (03991) 서울시 마포구 동교로23길 76(연남동)
전화 02-335-4422 **팩스** 02-334-3427
저자 · 독자 서비스 humanist@humanistbooks.com
홈페이지 www.humanistbooks.com
시리즈 홈페이지 blog.naver.com/jabang2017
디자인 스튜디오 고민 **용지** 화인페이퍼 **인쇄** 삼조인쇄 **제본** 다인바인텍

자기만의 방은 (주)휴머니스트출판그룹의 지식실용 브랜드입니다.

ISBN 979-11-6080-607-6 02810